지구의 영혼 **마고의 꿈**

지구의 영혼 마고의 꿈

일지 이승헌 지음

한문화

지구의 마음은 인간의 마음을 물들이고
인간의 마음은 지구의 마음을 물들인다

하늘과 땅과 인간이 조화로운 세상을 꿈꾸며

나는 지금 미국 애리조나 주 세도나에 있는 마고가든에서 이 글을 씁니다. 세도나는 애리조나 사막에 핀 꽃이라 할 만합니다. 이곳의 땅은 붉고 하늘은 푸릅니다. 그 땅과 하늘 사이에는 신령한 대기가 감돕니다. 붉은 바위, 선인장, 뜨거운 태양이 빛나는 사막이지만 맑은 물이 흐르는 계곡과 가을이면 황금색으로 물드는 아름드리 나무 숲이 있습니다. 밤이면 대지 위로 떠오르는 거대한 황금빛 만월을 볼 수 있고 밤하늘을 가득 메운 별의 무리를 볼 수 있습니다.

이곳에는 인간사랑과 지구사랑을 실천하고자 하는 지구인들이 전 세계에서 끊임없이 찾아옵니다. 그들에게 나는 이렇게 말합니다.

"세도나 밤하늘의 별도 아름답지만, 여러분 안에는 그 별보다 더 아름답게 빛나는 영혼이 있습니다."

산천은 사람을 물들이고 사람은 산천을 물들인다는 것을 나는 이 곳 세도나에서 더욱 깊이 실감합니다. 나는 자주 세도나의 가장 높은 바위산에 오르곤 합니다. 그곳에 서서 세상을 바라보면 그 장엄한 아름다움 앞에 모든 관념과 분별, 집착이 사라지고 머릿속이 텅 비어 버리는 의식의 무중력을 체험하게 됩니다. 마치 지상에서 들어올려져 천상에 와 있는 듯한 그곳에 서면 누구라도 하늘과 땅을 잇는 인간으로서의 위치를 자각하게 될 것입니다. 그리고 지구인의 의식으로 세상을 바라 볼 수 있는 커다란 의식의 전환을 체험하게 될 것입니다. 그 장소에서 사람들이 마음의 평화를 체험하고 본래의 순수한 성품을 회복하기를 바라는 염원을 담아 나는 그곳을 '마고성' 이라 이름 붙였습니다.

마고성은 신라시대 박제상이 쓴 《부도지符都誌》에 등장하는 이상적인 공동체입니다. 마고성은 지상에서 가장 높은 곳에 있었으며 신성 지역으로서 깨달음에 이른 사람들이 조화를 이루며 살았던 근원적인 세상의 모습입니다. 마고성에 사는 이들은 온유하며 순수하고 맑은 품성을 지니고 있었으며 그들의 마음은 하늘과 땅과 하나로 통했기에 침묵 속에서도 대화가 통했다고 합니다.

마고성 이야기 속에서 '마고麻姑' 는 인류 최초의 여인이자 지구의 어머니로 등장합니다. 서양 신화에 등장하는 여신 '가이아Gaia' 에 가까운 존재라고 할 수 있습니다.

마고성 시대가 상징하는 조화와 화합, 합일의 느낌을 인간은 언제나 갈구해왔습니다. 하늘과 땅과 사람이 두루 평화롭고 조화로운 세상은 비단 인간만의 꿈이 아닐 것입니다. 그것은 지구가 생긴 이래 지구 위에 살아가는 모든 생명들, 동물과 식물, 산과 바다, 대지와 하늘이 원하는 세상일 것입니다. 그들의 꿈이 이 지구의 마음을 가득 메우고 있습니다. 그러나 오로지 인간만이 그 꿈을 거스르려 합니다. 그러나 우리 안에 있는 순수한 본성은 지구의 영혼, 마고의 오랜 꿈을 알고 있습니다.

그 꿈을 나는 이곳 세도나 마고가든과 마고성에서 꽃피우고 열매 맺을 수 있으리라 희망합니다.

자연 속에서 지구의 마음을 느끼고 순수한 본성을 깨달은 지구인들의 웃음 속에서 나는 이 지구와 인류의 희망찬 미래를 봅니다. 이곳에서 그들은 더 이상, 어떤 종교인도 아니고 인종도 아니며 단지 이 대지와 자연의 아들이요 딸이며 형제일 뿐입니다. 지구인 한 사람 한 사람의 가슴에 품은 꿈과 희망은 사막에 흐르는 지하수처럼 이 지구에 생명의 물줄기를 공급할 것입니다.

우리가 지구인임을 자각하고 이 지구에 대한 책임감을 느낄 때에만 지금 인류와 지구가 겪고 있는 환경오염과 전쟁과 인간성 타락에

서 벗어날 수 있을 것입니다. 이 지구상에서 지구를 파괴하는 것도 인
간이요, 그러기에 지구를 치유할 수 있는 것도 인간입니다. 오로지 지
구를 중심 가치로 삼았을 때에만 모든 종교와 정치와 민족과 인종의
갈등은 해결될 수 있을 것입니다.

지난 6월 15일은 '지구인의 날'이었습니다. 2001년 서울에서 전
세계에서 모여든 지구인들과 함께 '지구인 선언대회'를 하고 지구인
의 날을 제정한 이래 매년 이 날을 기념해왔습니다. 인간사랑 지구사
랑의 뜻에 동참하는 지구인이 1억 명만 된다 해도 이 지구는 희망이
있습니다. 나는 지구의 영혼, 마고의 꿈이 많은 지구인들의 가슴에 전
해지기를 바랍니다. 이 책을 읽는 당신 또한 그 꿈을 가슴에 품을 수
있기를 바랍니다.

2004년 6월
일지 이승헌

차 례

붉은 땅 세도나가 전해 준
지구의 마음

세도나에서는 누구라도 저 멀리서 맞닿는 하늘과 땅을 보며
저절로 지구를 느낄 수 있고 지구의 영혼을 만날 수 있습니다.

미국 애리조나 주에는 '세도나' 라는 이름의 매우 아름답고 영적인 도시가 있습니다.

아메리카 원주민들의 성지聖地이자 삶의 터전이었던 이곳에는 '다가오는 시대의 중심지가 되어 사람들을 평화와 화합의 정신으로 이끌 곳' 이라는 예언이 전해 내려옵니다. 세도나의 시민들은 그러한 믿음을 대대로 지켜오면서 세도나가 인류에게 새로운 시대를 열어 줄 성스러운 땅이며, 이곳에서 세계적인 영성운동이 꽃필 것이라고 말합니다.

세도나는 나에게도 참으로 소중하고 각별한 의미가 있는 곳입니다. 그곳은 나에게 '지구' 와 '지구인' 의 의미를 새로운 차원에서 바라보도록 영감을 불어넣어 준 땅이기 때문입니다. 그래서 사람들에게 세도나를 소개할 때면 "두 발을 딛고 서 있기만 해도 지구가 저절로 마음 속으로 들어오는 특별한 땅" 이라는 말로 소개하곤 합니다.

1993년에 미국으로 건너와 본격적으로 단학과 뇌호흡을 알리기 시작할 무렵, 내가 가장 처음 한 일은 미 대륙 동서 횡단 여행이었습니다. 내 식대로 표현하자면 '미국 땅 지신밟기'였습니다. 중고차를 한 대 마련해 직접 운전대를 잡고 뉴욕에서 캘리포니아까지, 다시 캐나다 밴쿠버를 거쳐 토론토까지, 다시 뉴욕까지 미국 땅 전역과 캐나다를 둘러보았습니다.

미국의 풍토와 문화를 알려는 목적도 있었지만 더 중요한 것은 지구인운동을 펼쳐나가기에 적합한 장소를 찾기 위해서였습니다. 한국에 있을 때 전국을 여행하며 충북 영동에서 영지靈地를 발견하고 천화원이라는 수련원을 세웠듯이, 미국에도 그러한 영적인 장소가 분명 있으리라는 확신이 들었습니다. 그러나 그 장소를 발견하기란 쉽지 않았습니다.

세도나를 알게 된 것은 1995년의 일입니다. 어느 날 신문을 보다가 세도나에 대한 기사를 읽고 '바로 이곳이구나' 하는 직감이 들었습니다. 차를 타고 플래그 스텝에서 세도나로 들어가는 길은 환상적이었습니다. 코코니코 국립공원의 아름드리 나무들이 내뿜는 생기 넘치는 기운은 나에게 흥분감과 기대감을 안겨 주었습니다.

그 숲을 지나자마자 눈앞에 펼쳐진 세도나의 풍광은 나의 기대를 저버리지 않았습니다. 붉은 바위와 대지, 그 위를 수놓은 푸른 향나무와 소나무, 청명한 하늘과 순백의 구름이 한데 어울려 빚어내는 신령스러움과 아름다움은 말로 표현할 수 없었습니다. 마치 영혼의 고향을 이제야 발견한 사람처럼 세도나의 땅과 하늘에, 그리고 이런 곳이 존재하도록 허락한 창조주께 감사의 기도가 절로 흘러나왔습니다.

세도나를 처음 알게 된 그 날부터 그곳에 지구인운동을 펼칠 터전으로 세도나 일지명상센터(마고가든)를 가꾸어 오기까지 수많은 우여곡절이 있었지만 그 과정은 또한 큰 보람이요, 희망이었습니다.

세도나는 미국 서부 사막지대인 애리조나 주의 중심에 위치한 소도시입니다. 장대한 협곡으로 유명한 그랜드 캐넌에서 자동차로 약 두 시간 거리이고, 애리조나 주의 주도州都인 피닉스로부터는 북쪽으로 200여 킬로미터 떨어진 곳에 위치해 있습니다.

해발 1300여 미터의 고지대인데 장대한 붉은 바위들이 산재해 있기 때문에 흔히 '붉은 바위 지방'으로 알려져 있습니다. 이 붉은 바위산들과 함께 습기 없는 바람, 선인장, 푸른 하늘, 강렬한 태양, 태곳적 신비를 담은 적막, 인디언 유적지 등이 세도나를 상징하고 있습니다.

세도나는 물이 귀한 사막지대이지만 우리가 흔히 생각하듯 끝없이 모래언덕만 펼쳐지는 척박한 땅은 아닙니다. 붉은 바위산 자락을 촘촘히 메운 소나무와 향나무, 선인장, 군락을 이루며 피는 들꽃, 널리 자생하는 종려나무와 시프러스, 사슴과 토끼 등의 야생동물과 수많은 종류의 새들이 있으며, 우리나라처럼 뚜렷하진 않지만 독특한 아름다움을 지닌 사계절이 있습니다.

세계 어느 나라, 어느 민족에게나 그들이 신성시하는 영산靈山이나 신비한 장소가 있게 마련입니다. 그런 곳에는 예사롭지 않은 기운에 끌려 많은 사람들이 모여듭니다. 나는 인도, 티베트, 이집트, 남미, 유럽 등 세계 여러 곳의 유명한 성지들을 두루 여행해 보았지만 세도나만큼 영적인 힘을 강렬하게 내뿜는 곳은 만나지 못했습니다.

세도나는 세계의 주요 볼텍스vortex(나선형 모양으로 에너지가 강하게 흐르는 특정 장소) 스물한 개 중에 네 개가 몰려 있는 특별한 곳입니다. 볼텍스는 인간의 불완전한 에너지 균형을 바로잡아주는 신비한 힘을 지니고 있습니다. 세도나에 있는 네 개의 볼텍스 중에서 가장 강력한 에너지를 내뿜는 곳이 벨락입니다. 종 모양의 붉은 바위로, 사방 어느 곳에서 보아도 매우 안정된 모습을 하고 있습니다. 예민한 사람이면 벨락에서 뿜어져 나오는 에너지가 세도나 전체를 덮고 있는 것을 느낄 수 있습니다.

세도나를 처음 발견하게 된 그 무렵, 하루에도 몇 번씩 벨락 징상에 올라가곤 했습니다. 벨락은 지금도 내게 수많은 영감을 안겨 주는 영혼의 장소입니다. 벨락 정상에 앉아 있으면 영혼이 맑아지고 정화되는 것을 느낄 수 있었습니다.

벨락은 강력한 에너지를 뿜어내기 때문에 많은 사람들이 기시감既視感(한 번도 경험한 적 없는 상황이나 장면이 이미 경험하거나 본 것처럼 친숙하게 느껴지는 일)을 느끼거나 자신의 전생과 미래를 보며, 환영처럼 나타났다 사라지는 수많은 영혼을 만나기도 합니다. 특히 벨락에서 두드러지는 이러한 기적·영적 현상을 세도나의 지질학적인 특성으로 설명하려는 과학자들의 연구가 활발하게 이루어지고 있기도 합니다.

그 날도 나는 벨락에 앉아 명상을 하고 있었습니다. 눈을 감고 좌정에 들면 인디언 등 온갖 영혼의 모습이 파노라마처럼 펼쳐지곤 했는데, 그 날은 인자한 얼굴에 머리가 하얗게 센 백인 노인의 모습이 선명하게 보였습니다. 그는 말없이 나를 바라보기만 했습니다. 수없이 나타나는 여느 영혼 중의 하나이겠거니 하고 대수롭지 않게 여기자 그의 모습이 사라지더니 잠시 후에 다시 나타났습니다. 내게 점점 가까이 다가와서는 무언가 말을 꺼내려는 듯 머뭇머뭇하더니 또 사라졌습니다. 나는 무슨 연유인지 궁금해지기 시작했습니다. 잠시 후에 그의 모습이 다시 나타나기에 "내게 할 이야기가 있으면 하십시오"라고 먼저 말을 건넸습니다. 그때서야 노인은 말을 꺼냈습니다.

"세도나에 온 것을 환영합니다. 나는 삼십오 년 전에 이곳에 와서 사람들을 가르치다 이 년 전에 죽은 사람의 영혼입니다."

그가 말을 시작하는 순간, 멀리 바위산이 병풍처럼 둘러쳐져 있고 키 작은 나무들이 점점이 박힌 붉은 땅의 영상이 보였습니다.

"내게는 세도나 외곽에 넓은 땅과 명상센터가 있습니다. 나는 그곳이 앞으로 중요한 역할을 할 곳이라는 메시지를 받고, 미래를 준비하기 위해 그 땅을 개발했습니다. 하지만 마지막 일은 내 몫이 아니라 동양에서 온 당신의 몫이라는 것을 알고 있습니다. 부디 이 땅을 맡아서 많은 사람의 영혼을 깨워 주시오."

그 노인은 이 말만을 남기고 모습을 감추었고, 곧이어 여러 사람들이 언성을 높이며 싸우는 모습이 나타났다가는 금세 사라졌습니다.

나는 벨락을 내려오자마자 방금 전 보고 들은 것이 사실인지 확인해 보아야겠다는 생각에, 세도나에서 가장 유명하다는 부동산 전문가를 찾아갔습니다. 명상 중에 내가 보았던 그 땅의 모습을 설명해 주며 세도나 일대에 인적이 드문 외진 곳에 넓은 명상센터가 있는지 물

어보았습니다.

그는 자기가 세도나를 가장 잘 알고 있으며 놀랍게도 내가 말한 장소는 바로 자기가 매매 상담을 담당한 곳이라며 나를 안내했습니다. 세도나 시내에서 40분 정도 차를 달려 비포장 길을 타고 국립공원 깊숙이 들어가니 붉은 땅 위에 20만 평이나 된다는 넓은 명상센터가 보였습니다. 아담한 붉은 건물들이 땅 속에 반쯤 묻힌 듯 줄지어 늘어선 모습이 무척 인상적이었습니다. 인디언들의 주거 공간을 현대적으로 재현한 듯도 하고, 인공적인 건축물이라기보다는 마치 땅의 일부인 듯 자연스럽게 느껴졌습니다. 그 건물들은 세계적인 생태 건축가 프랭크 로이드 라이트의 제자가 설계한 자연친화형 건물이라고 했습니다. 주위를 둘러보니 멀리 붉은 바위산들이 병풍처럼 둘러쳐져 있었고, 앞에는 향나무와 선인장이 낮게 깔린 국립공원이 장대하게 펼쳐져 있었습니다.

이곳저곳을 둘러본 후 이 명상센터의 설립자가 누군지 궁금하다고 했더니, 나를 안내했던 사람이 책을 한 권 건네주었습니다. 그 책을 받아들고 표지를 넘긴 순간 놀라지 않을 수 없었습니다. 벨락에서 보았던 그 노인이 사진 속에서 미소를 짓고 있었기 때문입니다. 나는 안내자에게 이 땅에 얽힌 이야기를 가능한 한 자세하게 들려달라고 부탁했습니다.

나는 환경으로서의 지구가 아닌,
우리가 추구하는 모든 가치들의 토대이고 우리 삶의 뿌리이며
우리의 생명 그 자체인 지구를 이야기하고자 합니다.
나는 지구의 의미를 지성적으로 이해하는 것 못지않게
실존적으로, 감각적으로 느끼는 것이 중요하다고 봅니다.
그래야 그 이해가 현실을 바꾸는 실천으로 연결될 수 있습니다.

세도나에 있는 종 모양의 붉은 바위산, 벨락bell rock

그의 이름은 레스터 레븐슨이고 1994년에 이곳에서 세상을 떠났습니다. 그는 물리학자이자 성공한 사업가로 원래는 뉴욕에서 살았습니다. 그런데 1952년, 42세의 나이에 어느 날 갑자기 두 번째의 심장 발작을 일으켜 병원에 실려 가게 되었습니다. 진단 결과, 의사는 그에게 더 이상 병원에 있을 필요가 없으니 집에 가서 요양을 하라고 말했습니다. 건강이 회복되었기 때문이 아니라, 손 쓸 도리가 없을 정도로 병이 깊어 언제 죽을지 모르는 시한부 생명이라는 이유 때문이었습니다.

그는 집에 돌아와 한동안 좌절과 분노를 주체하지 못한 채 자살을 생각해 보기도 했습니다. 그러다 여전히 숨을 쉬고 있으며 생각을 할 수 있는 자신의 존재를 자각하면서 무언가를 시도해 보기로 마음먹었습니다. 그는 자신의 몸과 감정과 정신을 대상으로 실험에 들어가기로 했습니다. 고요히 앉아서 그동안 삶의 본질에 대해서 궁금했던 질문들을 떠올려 보았습니다.

'삶은 무엇인가? 왜 사는가? 내가 찾고 있는 것은 무엇인가?' 그의 머리 속에 '행복'이라는 단어가 가장 먼저 떠올랐습니다. '언제 행복을 느꼈는가?'라는 질문에 '사랑 받을 때'라는 생각이 떠올랐지만 이내 그것은 진실이 아님을 알았습니다. 자신을 사랑해 주는 가족, 친구, 연인이 있지만 늘 행복한 것은 아니었기 때문입니다. 자신이 행복했던 순간들을 떠올리면서 공통점을 찾아본 결과, 사랑받을 때가 아니라 다른 사람에게 사랑을 줄 때 비로소 진정한 행복을 느꼈다는 사실을 알게 되었습니다.

'그러면 과거에 내 마음이 사랑으로 가득 차지 않았기 때문에 행복을 느끼지 못했던 순간들을 지금이라도 다시 행복한 상태로 되돌려 놓을 수는 없을까?' 하는 생각이 들었습니다. 행복이 내면에서 일어나는 감정이라면 자기의 내면에서 불행했던 순간들을 행복한 순간으로 바꿀 수 있다는 확신이 들었습니다.

그래서 가장 최근에 불행했던 순간을 떠올려 보니 며칠 전 병원에서 자기를 쫓아냈던 의사의 모습이 떠올랐습니다. 위험을 떠맡기 싫어서 치료를 포기하고 자기를 퇴원시킨 사람이지만, 그 의사도 환자에게 생명이 얼마 남지 않았다는 것을 얘기하는 게 얼마나 고역이었을지 이해하는 마음이 생겼습니다. 이제 중요한 것은 그 의사를 향한 증오의 감정을 사랑의 감정으로 바꿀 수 있는가 하는 것이었습니다. 계속 분노의 감정을 삭이고 삭이자 마지막에는 가슴속에서 분노가 녹아 없어지며 그 의사를 사랑의 마음으로 떠올리게 되었고, 스스로 행복하다는 것을 느꼈습니다.

이렇게 그의 실험은 계속되었습니다. 그는 석 달 동안 매일 의자에 앉아 과거의 모든 사건들과 사람들을 하나하나 떠올리면서 부정적인 감정들을 녹이고 사랑의 감정이 솟아날 때까지 집중했습니다. 가슴속에 사랑의 감정이 솟구치자 그의 몸과 마음에 기쁨의 에너지가 감당할 수 없을 만큼 넘쳐났습니다.

가장 대면하기 힘들었던 것은 죽음에 대한 두려움이었습니다. 그는 죽음에 대한 두려움이 모든 감정의 근원임을 자각하면서 죽음에 대한 두려움을 숨기는 것이 아니라 오히려 활짝 열어 그 두려움을 활활 태워 없앨 수 있었습니다. 모든 것을 놓음으로써, 생사에 대한 집착과 두려움까지 놓음으로써 죽음을 넘어설 수 있었습니다.

죽음에 대한 두려움이 없어지자 몸은 날아갈 듯 가볍게 느껴졌고, 스스로 건강하게 치유되었다는 것을 알았습니다. 석 달이 다 되어 갈 무렵, 그는 말로 형용할 수 없는 기쁨을 느꼈고, 기쁨을 넘어 고요한 평화의 상태까지 도달했습니다. 그는 지극한 평화 속에서 자신에게는 몸과 마음을 넘어선 영원한 존재, 본성(Beingness)이 있다는 것을 알았습니다.

그는 자신이 느끼고 안 것을 다른 사람들에게도 전하고 싶어 근처의 작은 명상 그룹을 찾아가 강연을 했고, 그의 놀라운 이야기를 접한 사람들이 점차 모여들더니 나중에는 수백 명, 수천 명이 그의 강연을 들으러 찾아오곤 했습니다.

1958년 어느 날, 갑자기 그는 캘리포니아로 이사를 가야겠다고 생각했습니다. 캘리포니아 주의 샌디에이고로 이사 가던 길에 애리조나 주를 지나며 '세도나' 라는 도로 표지판을 보게 되었습니다. 갑자기 그의 내면에서 "저 곳으로 가라!" 는 소리가 들려왔습니다. 내면의 소리에 이끌려 세도나로 향한 그는 세도나의 기운과 풍광에 크게 매료되었고, 인적이 드물고 사방이 바위와 수목으로 둘러싸여 평화로운 이 땅을 알게 되었습니다.

그는 이곳에 정착하여 큰 계획을 세우고 명상센터를 시웠으며, 자신이 깨달은 과정을 '세도나 메소드Sedona Method'라는 이름으로 널리 알렸습니다. 그 명상법은 전 세계적으로 수만 명의 사람들에게 보급되었습니다. 뉴욕에서 그를 따르던 이들이 세도나에 다녀가기도 하고, 몇몇은 아예 세도나로 이주하여 하나의 그룹을 형성했는데, 그중의 한 사람이 《의식혁명Power vs Force》의 저자 데이비드 호킨스 박사입니다. 42세에 곧 죽게 될 것이라던 레스터 레븐슨은 왕성하게 활동하다가 84세에 세상을 떠났습니다.

이것이 이 땅에 얽힌 이야기였습니다. 나는 레스터 레븐슨에 대한 이야기를 들으며 감동을 받았고 그에게서 놀랄 만큼 깊은 동질감을 느꼈습니다. 그의 고통과 번뇌, 깨달음의 과정이 마치 나의 것인 양 가깝게 느껴졌습니다. 그런데 특이한 것은 그가 죽기 전에 제자들에게 이런 말을 했다는 것입니다.

"머지않아 동양에서 어떤 이가 와서 이 땅에서 수많은 사람들의 영혼을 깨우게 될 것이다. 나는 그를 위해 미리 준비를 하다 가는 사람일 뿐이다."

세도나 마고가든은 누구에게나 끊임없는
창조적 영감을 안겨주는 어머니 같은 땅입니다.
세도나 마고가든에서 꽃을 가꾸고 흙을 만지며 지구와의 교류를 통해
나는 지구의 마음을 읽을 수 있었습니다.

세도나 일지명상센터(마고가든)전경.
병풍처럼 둘러싸고 있는 황금빛 산이 시크릿마운틴이다.

그가 생존해 있는 동안에도 제자들끼리 명상센터의 소유권과 경영권을 둘러싸고 분쟁이 있었지만, 그는 세상을 떠날 때까지 아무에게도 명상센터를 물려주지 않았다고 합니다. 그 후 이 년이 지난 그때까지 제자들은 여전히 서로 싸우고 있었고, 급기야 변호사를 고용하여 법정에서까지 공방이 붙은 상태였습니다.

나는 명상센터와 주변의 넓은 땅을 둘러보면서 레스터 레븐슨의 영혼이 했던 이야기를 떠올려 보았습니다. 그는 내가 이 땅을 맡아 주기를 바란다고 했습니다. 그러나 이곳의 상황을 종합해 보면 그의 이야기는 전혀 실현 가능성이 없어 보였습니다.

'나에게 이곳을 맡아달라고 했지만 그냥 주는 것도 아니고 많은 돈을 들여 이 땅을 사야 하는데 어떻게 그 비용을 감당할 수 있단 말인가? 설령 이곳을 인수한다고 해도 그 다음이 더 큰 문제다. 세도나 시내와는 동떨어져 사막 한가운데 외진 곳에 있는 이곳에서 무슨 일을 할 수 있다는 말인가. 더구나 레스터 씨가 세상을 떠난 후 제자들이 신경을 쓰지 않아 곳곳이 폐허처럼 버려져 있는 땅이 아닌가?'

나로서는 그의 제안을 쉽게 받아들일 수가 없었습니다.

'그는 진실한 사람이지만 그가 내게 준 메시지가 백 퍼센트 옳다고 확신할 수는 없지 않겠는가? 스스로 확신이 서지 않는데 그의 말만 믿고 위험을 자초할 수는 없는 일이다.'

이렇게 체념하며 발길을 돌리고 말았습니다.

그 후 나는 그곳에 대해서는 아예 잊어버리기로 마음먹었습니다. 그러나 명상을 할 때마다 레스터 레븐슨의 영혼이 나타나서 나를 물끄러미 바라보다 사라지곤 했습니다. 당신이 일군 땅을 내가 맡는 것은 현실적으로 불가능한 일이라고 말하자, 그는 가까이 오지 않고 내 주위를 서성이기만 했습니다. 명상할 때도 모자라서 나중에는 꿈속에까지 나타나곤 했습니다.

나는 그의 성화에 못 이겨 다시 한 번 그 땅을 찾아가 보았습니다. 천천히 산책을 하다가 명상센터 뒤에 레스터 레븐슨의 묘가 초라한 모습으로 버려져 있는 것을 보았습니다. 삼십 년이 넘게 이 땅을 일구고 가꾸면서 그가 흘린 땀방울, 그가 꿈꾸었던 이 땅에 대한 비전이 가슴 가득 다가왔고 그가 이 땅을 얼마나 사랑했는지 느낄 수 있었습니다.

그 후 나는 다시 고민에 빠졌습니다. 그러나 이 땅을 인수하는 것은 누가 보아도 무모하게 생각되었기 때문에 선뜻 결정할 수 없었습니다. 가까운 제자들도 만류했습니다. 이 땅에 열 번도 넘게 와서 둘러보며 '이곳을 인수해야 하나, 말아야 하나?' 수십 번, 수백 번 고민했습니다.

그러던 어느 날 세도나 지역 신문에서 이 땅이 곧 경매에 붙여진다는 기사를 보았습니다. 레스터 레븐슨의 제자들이 법정 싸움을 하는데 변호사 비용이 충당되지 않자, 변호사들이 땅을 경매에 붙인 것입니다. 이제 어느 쪽으로든 선택을 해야 할 때가 온 것입니다. 나는 마지막으로 한 번 더 그 땅을 찾아가 보기로 했습니다.

　지난 번 방문 이후 관리하는 사람의 손길이 거의 닿지 않았는지 곳곳의 시설이 망가져 있었고 사방에 잡초가 어지럽게 우거져 쓸쓸하기만 했습니다. '이 신성한 땅이 버려져 있구나.' 처음으로 이 땅이 정말로 불쌍하다는 생각을 하게 되었습니다. 레스터 레븐슨의 묘를 지나 걸어가는데, 아낌없이 사랑을 주던 주인을 잃고 무관심 속에 불쌍하게 버려져 있는 붉은 땅이 눈에 들어왔습니다. 마치 이 땅이 나에게 사랑과 관심을 달라고 애원하는 것처럼 느껴졌습니다.

　땅의 마음을 느끼자 너무나 가슴이 아파 발걸음을 멈추었습니다. 순간 발밑이 지진이라도 일어난 듯 격렬하게 흔들리더니 땅에서부터 온몸으로 진동이 밀려오면서 "네가 이 땅을 버리려 하느냐?" 는 소리가 들려왔습니다. 수십만 볼트의 전류에라도 감전된 듯 온몸에 전율을 느끼며 뒤로 물러서는 순간, 내 안에서 그 진동만큼이나 강렬한 물음이 솟아올랐습니다.

　"이것이 진정 당신의 뜻입니까?"

　그때 놀라운 일이 벌어졌습니다. 하늘은 구름 한 점 없이 맑은데 내가 서 있는 자리에서 불과 1미터도 안 되는 지점에 마른벼락이 떨어지는 것이었습니다. 순식간에 일어난 일이었습니다. 나도 모르게 그 자리에서 무릎을 꿇고 "하늘의 뜻이라면 피하지 않겠습니다" 라고 말하고 있었습니다.

나는 내가 가진 모든 것을 다 포기할 각오를 하고 이 땅을 선택했습니다. 상식적인 기준으로만 생각하면 누가 보아도 무모한 선택이었습니다. 그러나 나는 '이것이 정말로 하늘의 뜻이라면 내 생명을 주어도 아깝지 않다. 하늘이 나를 시험하고 있구나. 나의 진실을 다시 한 번 보고 싶어 하는구나' 라고 생각했습니다.

아무리 좋은 메시지라 해도 현실에 비추어 보았을 때 난관이 뻔히 예상되는 길을 선택할 때는 누구나 망설이게 됩니다. 그러나 생명의 근원에서부터 들려오는 메시지라면 어떤 어려움이 있더라도 그것은 거부할 수 없는, 선택의 여지가 없이 받아들여야 하는 길입니다. 그렇게 해서 1997년 10월 이 땅과 명상센터를 인수하여 그곳에 나는 세도나 일지명상센터를 건립했습니다. 그리고 이곳이 지구의 영혼, 지구의 어머니인 '마고' 를 느낄 수 있는 곳이라는 의미에서 애칭으로 '마고가든' 이라는 이름을 붙였습니다. 이 땅을 인수하긴 했지만 복잡한 일들이 무척 많았고 운영해 나가기가 벅찼습니다. 애초에 특별한 운영계획이 있어서 이 땅을 선택한 것이 아니었기 때문에 더욱 어려움이 컸습니다. 수많은 장애가 있었지만 그 장애들을 하나하나 극복해 가면서 이 땅이 정말로 준비된 땅이었음을 확인할 수 있는 일들이 일어났습니다.

1999년 5월 나는 이곳에서 세계적인 베스트셀러《신과 나눈 이야기》의 저자인 닐 도널드 월시와 함께 '창조주와의 만남'이라는 행사를 개최했습니다. 나는 세도나 마고가든에서 이 행사의 이름을 떠올렸고 닐 도널드 월시를 세도나 마고가든으로 초청했습니다. 이 행사에서 한국과 미국 각지에서 수백 명의 사람들이 몰려와 자기 안에 있는 창조주를 만났으며, 닐 도널드 월시는 나의 강연에 감동을 받아 내가 미국에서 책을 출판할 수 있도록 도와주겠다고 선뜻 제의를 했습니다. 그래서《힐링 소사이어티》가 출판되었고, 이 책은 발간된 지 몇 달 만에 인터넷 서점 아마존에서 1위를 하기도 했습니다.

이듬해, 나와 닐 도널드 월시는 인류 의식의 성장과 인류 평화를 추구하는 비영리법인인 새천년평화재단을 창설했고 서울에서 제1회 휴머니티 컨퍼런스를 개최했습니다. 이 행사에는 앨 고어 전 미 부통령, 모리스 스트롱 유엔 사무차장, 시모어 타핑 퓰리처상 운영위원장 등이 참석해 범지구적인 평화운동을 펼쳐나가자는 데 뜻을 함께했습니다. 뿐만 아니라 세계지구인연합(World Earth-Human Alliance)을 창설해 지구인으로서의 정체성을 자각하고 지구인운동에 동참하는 사람들과 단체들이 연대할 수 있는 기반을 마련했습니다. 이 모든 일의 시작은 언제나 세도나 마고가든에서 이루어졌습니다.

세도나 마고가든은 누구에게나 끊임없는 창조적 영감을 안겨주는 어머니 같은 땅입니다. 이곳에서는 누구라도 저 멀리서 맞닿는 하늘과 땅을 보며 저절로 지구를 느낄 수 있고 지구의 영혼을 만날 수 있습니다. 세도나 마고가든에서 꽃을 가꾸고 흙을 만지며 지구와 교류하면서 나는 지구의 마음을 읽을 수 있었습니다. 그리고 이곳에서 단학과 뇌호흡을 바탕으로 한 여러 프로그램을 통해 많은 사람들이 지구를 느끼고, 지구인으로서 사명감을 자각하도록 돕고 있습니다.

나는 아직 대기권을 벗어나 본 적이 없기 때문에 지구 밖에서 지구를 보지는 못했습니다. 그러나 지구가 정말로 아름답다는 것을 압니다. 나는 지구가 내 생명의 뿌리이며 존재의 근거라는 것을 압니다. 지구가 있기 때문에 나는 숨쉬고 먹고 교류하고 창조하며 살아갈 수 있습니다.

나는 지구과학자도 아니며 지구 환경 보호를 위해 맹렬히 활동하는 환경운동가도 아닙니다. 나는 다만 지구가 있음으로써 생명을 유지하며, 오랫동안 지구 평화를 이루는 길이 무엇인지를 고민하고 실천해 온 한 사람의 지구인일 뿐입니다.

그러나 나는 지구의 에너지와 영혼을 느낍니다. 지구의 마음은 사람의 마음을 물들이고, 사람의 마음은 지구의 마음을 물들인다는 것을 압니다. 병들고 파괴되어 가는 이 세상과 지구를 안타깝고 서러운 마음으로 지켜보는 지구의 영혼을 느끼고 있습니다. 나는 내가 느끼는 지구의 마음을 많은 사람에게 전하기 위해 이 책을 썼습니다.

나는 현재 인류에게 가장 중요한 가치가 지구와 뇌라고 보고 있습니다. 지구는 각기 다른 종교, 문화, 환경 속에서 다양한 가치와 이해관계를 가지고 살아가는 모든 사람들을 하나로 모을 수 있는 유일한 중심 가치입니다. 지구만이 종교와 민족, 국가, 문화, 가치관의 차이를 넘어 인류의 의식을 하나로 모을 수 있으며, 따라서 지구 평화의 구심점이 될 수 있습니다.

뇌를 중요하게 생각하는 이유는 인류 의식의 성장 없이는 인류 문명의 위기를 해결할 수 없고, 인류 의식의 성장을 위한 열쇠는 바로 뇌에 있다고 보기 때문입니다. 인류 문명의 향방은 인류가 자신의 뇌에 어떠한 정보를 받아들이는가, 또한 뇌를 활용해 어떠한 정보를 창조하는가에 달려 있습니다. 건강한 뇌가 건강한 인간과 지구를 만듭니다.

나는 이런 생각으로 지난 이십 년 동안 뇌, 인간, 지구에 대한 연구와 저술, 강연을 해 왔고, 이를 지구인운동이라는 범지구적이고 대중적인 문화운동으로 발전시키기 위해 많은 사람들과 함께 다양하게 모색하고 실천해 왔습니다. 이 책은 2001년 6월 세계의 평화운동가들이 함께한 제1회 휴머니티 컨퍼런스와 1만2천여 명의 대중이 모여 인간사랑 지구사랑의 실천 의지를 드높인 지구인 선언대회의 연장이기도 합니다.

오늘날 지구의 가치와 중요성에 대한 이야기는 그리 새로운 것이 아닐지도 모릅니다. 많은 사람들이 지구 환경 보호의 필요성을 힘주어 강조하고 있고, 전 세계적으로 자연과 인간의 조화를 중요시하는 생태운동이 거세게 일어나고 있습니다.

그러나 나는 환경으로서의 지구가 아닌, 우리가 추구하는 모든 가치들의 토대이자 우리 삶의 뿌리이며 우리의 생명 그 자체인 지구를 이야기하고자 합니다. 나는 지구의 의미를 지성적으로 이해하는 것 못지않게 실존적으로, 감각적으로 느끼는 것이 중요하다고 봅니다. 그래야 그 이해가 현실을 바꾸는 실천으로 연결될 수 있습니다.

중요한 것은 지구의 마음과 인간의 마음이 교류하는 것입니다. 그러기 위해서는 물질적인 차원의 지구뿐만 아니라 정신적인 차원의 지구를 알아야 합니다. 지구를 하나의 생명체로 대해야 하고, 그 생명체에 깃든 에너지와 영혼을 느낄 줄 알아야 합니다. 지구도 인간과 마찬가지로 몸과 에너지와 영혼을 가지고 있다는 것을 알아야 합니다.

나는 지구의 마음을 느낌으로써 지구에 뿌리를 내리고 살아가는 모든 생명체가 하나임을 깨닫고, 그 깨달음을 실천하는 사람이 많아지는 것이 지구 평화를 위한 굳건한 토대라고 믿고 있습니다. 아니,

그것이 지구 평화를 위한 가장 빠른 길이라고 믿고 있습니다.

이 책은 지구를 몸과 마음으로 느끼는 책입니다. 우리 생명의 뿌리는 지구이고, 종교와 국적, 문화의 차이를 넘어 인류는 모두 하나요 형제라는 것을 당신은 이미 알고 있을 것입니다. 너무나 당연하고 상식적인 이야기라고 생각할지도 모릅니다. 그러나 그런 앎만으로는 부족합니다. 변화를 만들어낼 수 없습니다.

우리에게는 영혼이 전율하는 앎이 필요합니다. 체험을 통해 세포 하나하나에 각인되어 영원히 잊으려야 잊을 수 없는 그런 앎이 필요합니다. 그래야 뇌가 바뀌고, 그 앎이 삶이 되고, 이 지구가 바뀝니다. 지구의 영혼, 마고와의 만남은 당신에게 그런 앎을 줄 것입니다.

지구와 인류의 미래를 염려하는 안타까움 속에서 나는 우리가 태어나기 전부터 한 번도 잠든 적이 없고, 한 번도 우리를 떠난 적이 없는 지구 어머니의 깊고 깊은 사랑을 느낍니다. 나는 내가 느끼는 이 안타까움과 지구 어머니의 사랑이 모든 사람의 가슴 속에 살아 있다는 것을 압니다. 우리가 그 안타까움과 사랑을 느끼고 실천할 때 인류의 정신은 좀더 높은 차원으로 진화하게 될 것입니다.

이 책을 지구인에 걸맞은 삶을 창조하며 살아가려는 지구인 친구들에게 바칩니다.

1

우리는 지구별 여행자

우리는 모두 '지구에 온' 존재입니다.
이것이 세상에 태어난 우리가 가장 먼저 알아야 할 사실입니다.

나의 고향은 천안 근교에 있는 작은 시골 마을입니다. 고향을 생각하면 가장 먼저 떠오르는 것은 더운 여름날 귀청 떨어질 듯 울어대던 매미 소리와 계곡물 흐르는 소리입니다. 더불어 부모님의 얼굴, 순박하고 정겨운 마을 사람들, 자주 오르던 뒷산의 아름드리 소나무들이 연이어 떠오릅니다. 나는 나의 고향을 사랑합니다. 아마 당신도 그러할 것입니다.

우리에게 고향은 단순한 '땅'이 아닙니다.

우리가 태어나고 자란 생명의 기반이자 삶의 터전이며, 그곳에서의 삶이 행복했든 불행했든 고향은 나를 형성하고 있는 중요한 일부분입니다. 그렇기 때문에 고향을 생각하면 누구나 애틋한 마음이 들고 그곳이 아름답고 살기 좋은 곳으로 남아 있기를 바라는 마음을 갖게 됩니다. 고향의 산천이 오염되면 마음이 아프고, 개발을 명목으로 무분별한 파괴를 일삼는 사람들을 보면 분노하게 되고, 고향을 위해서 공헌할 수 있는 일이 없을까 궁리하게 됩니다.

고향에 대해서 왜 그런 마음이 드는지를 논리적으로 설명하기는 어렵습니다. 그러나 확실한 것은 다른 사람이 아닌 바로 '나의 고향' 이기 때문에 더 소중하고 아름답게 생각된다는 것입니다. 그러한 마음은 책임감을 동반한 일종의 귀속의식이라고 할 수 있습니다.

사람이 이 세상에 태어났을 때 제일 먼저 알려 줄 게 있습니다.

"너는 지구에 왔다. 너는 지구인이다. 지구가 너의 뿌리이고 근원이다."

이것을 알려 주어야 합니다.

우리의 영혼은 어느 날인가 번지점프를 하듯 이 푸른 별에 홀로 떨어져 어디에서 왔는지 어디로 가는지도 모르는 긴 여행길에 올랐습니다.

인생은 여행입니다. 우리는 지금 지구를 타고 여행을 하고 있습니다. 이 여행은 개개인의 영적인 여정이면서 동시에 인류 전체의 영적인 성장 과정이기도 합니다. 그 둘은 별개가 아닙니다.

최고의 깨달음은 바로 자기가 지구에 왔다는 것을 아는 것입니다. 사람들은 자기가 '지구에 온' 존재라는 것을 잘 모릅니다. 우리 모두는 지구에 왔습니다. 지구가 우리의 뿌리이고 근원입니다. 가족도 나라도 종교도 민족도 다 지구가 있기 때문에 존재합니다. 너무나 분명한 이 사실을 정확히 알려 주는 학교가 없습니다. 지구와 인간의 관계를 알려 주는 교육이 드뭅니다. 우리가 지구의 의미를 정확하게 안다면 이렇게 서로 증오하고 미워할 수는 없을 것입니다.

나는 지구라는 별에서 살아가고 있습니다. 당신도 그렇습니다. 우리는 지구인입니다. 지금 한번 소리를 내어 이야기해 보십시오.

"나는 지구인이다."

어떤 마음이 듭니까?

'나의 고향'을 생각할 때의 그 마음처럼 지구가 '나의 별'이라는 생각이 듭니까? 이 짧은 선언 속에 담긴 무한한 사랑과 자부심과 책임감이 느껴집니까?

많은 사람들이 지구를 사랑한다고 이야기합니다. 그런데 지구를 사랑한다는 말의 진정한 의미는 무엇입니까? 가족이나 나라를 사랑하는 것이 단지 집이나 국토를 사랑하는 것을 의미하지 않는 것처럼, 지구를 사랑한다는 것은 단순히 지구 환경을 보호한다는 의미가 아닙니다. 지구를 사랑한다는 것은 지구를 하나의 공동체로 인식하고,

우리의 영혼은 어느 날인가 번지점프를 하듯
이 푸른 별에 홀로 떨어져 어디에서 왔는지
어디로 가는지도 모르는 긴 여행길에 올랐습니다.

우리가 가족의 일원으로서 가정을 보살피고 양식 있는 시민으로서 시민의 의무를 다하는 것처럼, 지구인으로서 긍지를 느끼고 지구 공동체에 대한 자신의 책임과 역할을 다하며 그것에서 보람과 행복을 느끼는 것을 의미합니다.

우리는 서로 대립하고 경쟁하기 위해서 지구에 온 것이 아닙니다. 평화로운 지구촌을 만들기 위해서 왔습니다. 지구 문제를 해결할 주체는 지구 자체도 아니고 달도 태양도 아니고 다른 생물 종도 아닙니다. 인간이 문제를 만든 주체이기 때문에 문제를 해결할 주체도 바로 우리 자신입니다. 인간을 사랑하고 지구를 사랑하는 깨어난 지구인, 지구인이라는 자기 인식을 가진 인간만이 그 일을 할 수 있습니다.

'나는 지구인이다' 라는 자각을 가진 사람은 지금까지 자신의 정체성을 형성해 온 민족, 종교, 사상, 문화의 한계를 넘어설 수 있습니다. 지구라는 중심 자리에서 볼 때 그 모든 것은 인위적이고 일시적인 구분이라는 것을 알기 때문에, 그런 구분이 만들어내는 대립과 갈등을 넘어설 수 있습니다.

이때 비로소 우리는 이쪽과 저쪽, 하늘과 땅, 정신과 물질, 신과 인간 등 이원적으로 분리된 세계 속에서 분열된 상태로 존재할 수밖에 없는 파편으로서가 아니라, 양극으로 나뉘어 대립하는 세계에 물처럼 스며들어가 조화를 이끌어내는 창조적인 주체가 됩니다.

"지구 평화를 이룰 수 있는 지구상의 유일한 주체는 인간밖에 없으

며 내가 곧 그 주인공이다"라는 지구의 보호자요 치유자로서의 사명
을 자각한 사람이 되는 것입니다.

어떤 이들은 우주 정거장 건설이 논의되는 시대에 지구를 이야기하
는 것은 의식이 지구에 한정되는 것이 아닌가, 우리는 지금 지구인이
아니라 우주인으로의 인식 전환을 해야 하는 것이 아닌가라고 생각
할지도 모릅니다.

　그러나 나는 그렇게 생각하지 않습니다. 지구의식을 갖는다는 것
은 곧 우주의식을 갖는다는 말입니다. 왜냐하면 지구를 의식하는 순
간 그것은 우주를 의식하는 것이기 때문입니다. 그동안은 지구 안에
갇힌 채 지구를 이야기했지만 이제는 지구에서 나와 지구 전체를 바
라보며 지구를 이야기하기 때문입니다. 우주의식으로 지구라는 별을
걱정하면서 지구가 아름다운 공동체가 되기를 간절하게 바라는 마음
이 지구의식이기 때문입니다.

　사실 지구는 전체 우주의 크기에 비하면 먼지보다도 작은 존재입
니다. 우주에는 무수히 많은 은하계가 있고, 지구가 위치한 태양계는
그 가운데 하나에 지나지 않습니다. 그러나 현재 인류의 의식은 아직

인간의 가슴에 지구 어머니의 마음이 들어오면 인간은
한 알의 푸른 지구를 사랑과 연민으로 바라보며
무한한 책임감을 느끼는 큰 존재로 탈바꿈하게 됩니다.
이것은 연금술이라고 불러도 좋을 만큼 놀라운 인식의 전환입니다.

지구도 제대로 받아들이지 못하고 있습니다. 인류는 아직 지구를 중심으로도 하나 되지 못한 상태입니다.

훗날 인류의 우주 활동이 일반화되는 우주여행 시대에는 은하 의식을 이야기할 수 있을지 모르겠습니다. 그러나 현재 인류의 가장 현실적인 중심 가치는 지구입니다. 지구를 아는 것, 지구와 교류하는 것, 지구를 중심으로 하나 되는 것, 이것이 지금 이 시대에 우리가 할 수 있는 최상의 공부입니다.

지구는 이 우주 가운데 특별한 존재가 아닙니다. 마찬가지로 인간은 지구상에서 대단한 존재가 아닙니다. 전체 우주의 크기에 비하면, 아니 지구의 크기에만 비교해 보아도 인간 개개인은 무無에 가까운 존재인지도 모릅니다. 그러나 그 인간의 가슴에 지구 어머니의 마음이 들어오면 인간은 한 알의 푸른 지구를 사랑과 연민으로 바라보며 무한한 책임감을 느끼는 큰 존재로 탈바꿈하게 됩니다. 이것은 연금술이라고 불러도 좋을 만큼 놀라운 인식의 전환입니다.

언젠가 다양한 민족의 피가 섞인 자신의 가계家系 때문에 괴로워하며 자신의 정체성을 찾아 평생을 방황해 온 한 사람을 만난 적이 있습니

다. 나는 괴로워하는 그에게 이렇게 말했습니다.

"당신은 지구인입니다. 피부색이나 겉모습이 중요한 것이 아닙니다. 가장 중요한 것은 영혼입니다. 겉모습이 달라도 모든 영혼은 고귀하고 소중하며 하나의 영혼으로 연결되어 있습니다. 이제 사람들을 만날 때 피부색이나 혈통으로 사람들을 분별하지 말고 그들의 영혼을 마주하십시오. 그들 모두가 지구에 함께 온 고귀한 영혼들입니다."

이 말에 그는 평생 고민해 오던 문제가 해결되었으며 커다란 정신적 해방감을 느꼈다고 말했습니다. 혈통에 대한 피해의식에서 벗어나 이제는 지구인이라는 생각으로 자신있게 살 수 있겠다고 했습니다.

지구인이라는 자기 인식을 갖는 것은 자신의 삶과 미래, 그리고 자신을 포함한 인류와 지구의 미래가 자신에게 달려 있음을 깨닫고 그 책임을 기꺼이 감당하겠다고 선언하는 것입니다. 지구인에게 모든 가치 판단의 중심은 자신의 양심이고 지구입니다. 가치의 기준을 지구에 맞추고 양심에 따라 판단할 때 비로소 우리 자신과 우리의 삶과 삶에서 경험하는 모든 것을 올바르게 판단할 수 있습니다.

2

지구가 있어 우리는 하나다

지구를 모든 가치의 중심으로 보는 인식의 전환이
지구 평화로 가는 중요한 열쇠입니다.

불과 몇 백 년 전까지만 해도 대부분의 사람들은 지구가 둥글며 우주 공간에 떠 있는 수많은 별 중의 하나라고는 상상도 하지 못했습니다. 그러나 과학의 발달로 우리는 지구에 대해서 많은 것을 알게 되었습니다. 지구를 떠나지 않고도 우주에서 찍은 지구의 모습을 보게 되었고, 내가 사는 곳이 지구의 어디쯤에 위치해 있는지도 알게 되었습니다. 지구가 우주 공간에 위치한 둥글고 푸른 천체라는 것을 이제 아이들도 다 알고 있습니다.

뿐만 아니라 절대성에 대한 척도도 달라졌습니다. 다양한 문화와 가치들을 접하면서 자신이 절대시하던 것들이 사실은 상대적인 것에 불과하다는 사실도 알게 되었습니다. 이러한 지식을 갖게 된 것은 삼백만 년의 인류 역사에 비하면 아주 최근의 일입니다. 인류는 과학 기술과 정보 혁명이 가져다 준 경험을 통해 지구에 대한 인식이 놀랄 정도로 확장되었습니다. 인류는 이제 한 도시나 국가, 민족을 떠나서 지구 차원의 의식을 경험할 준비가 되었습니다.

대기권 밖에서 지구를 바라보고 있다고 생각해 보십시오. 제한된 공간과 의식에서 벗어나 멀리 떨어진 우주 공간 어느 곳에서 지구를 바라보고 있다고 상상해 보십시오. 저 멀리 푸른 지구가 보일 것입니다. 그 지구 위에서 서로 경쟁하고 대립하는 개인과 집단들이 보일 것입니다. 철없는 아이들처럼 서로 헐뜯고 싸우는 모습에 누구라도 안타까움과 연민을 느낄 것입니다.

지구에는 애초에 국경선이 없었습니다. 국경은 인간이 만들어낸 것일 뿐입니다. 마찬가지로 종교나 민족, 국가 등의 개념도 인간이 삶의 편리를 위해 만들어낸 도구일 뿐 절대적인 가치를 갖는 것은 아닙니다. 그동안 인류는 최고의 가치를 작게는 개인이나 가정에, 크게는 국가나 민족, 종교 등에 두고 그것을 위해 기도하고 일해 왔습니다. 그러나 지구를 위해 기도하고 일하는 사람은 많지 않았습니다. 그렇기 때문에 인류 평화는 단지 염원과 기도의 대상일 뿐 현실적인 힘을 갖지 못했습니다.

인류는 역사 이래 줄곧 평화를 꿈꿔왔습니다. 그러나 지금까지 한 번도 진정한 평화를 누려보지는 못했습니다. 그동안의 인류 역사는 전쟁의 연속이었고, 지난 20세기는 '전쟁과 폭력의 세기'였습니다.

그리고 21세기에 들어선 지금도 지구에는 여전히 전쟁이 계속되고 있습니다. 그러나 모순되게도 전쟁을 하는 당사자들은 늘 전쟁을 끝내기 위해서, 평화를 위해서 전쟁을 한다고 말합니다.

지금까지 인류가 만든 가장 큰 가치 집단은 무엇일까요? 그것은 국가와 민족과 종교입니다.

이들 집단은 언제나 구성원들의 평화와 자유와 정의를 대의명분 삼아 전쟁을 벌여 왔습니다. 그러나 그 평화는 늘 전체 인류를 위한 평화가 아니라 자기가 속한 집단만을 위한 작은 평화였을 뿐입니다.

인류 역사에서 살상을 가장 합리적으로 정당화한 것이 전쟁입니다. 개인이 사람을 죽이면 살인죄가 적용되지만 국가와 국가, 민족과 민족의 싸움에서 사람을 죽이면 용감하고 위대한 행동이라는 칭송을 받습니다. 더욱이 종교간의 싸움은 '신의 뜻'을 수행하는 성전聖戰이라는 이름으로 미화되어 왔습니다. 지금도 지구 곳곳에서는 국가간, 민족간, 종교간의 갈등이 벌어지고 있습니다.

전쟁을 부르는 집단 이기주의를 보면서, 나는 인류가 전쟁에서 승리하기 위해 물질문명을 발달시켰는지도 모른다는 생각을 합니다. 과학의 발달은 인류의 평화를 위해서라기보다는 기득권자들이 더 많은 것을 소유하고 지배하기 위해, 그들이 후원하고 장려했는지도 모릅니다. 전쟁에서 승리해야 더 강대한 국가가 될 수 있기 때문에 인간은 더 좋은 총, 더 성능 좋은 대포, 미사일, 전투기, 나중에는 화학무기와 핵폭탄까지 만들었습니다. 인간의 욕망은 끝이 없고 집단 이기주의도 끝이 없습니다.

다른 사람의 인권을 침해하는 개인의 이기주의는 법으로 다스릴 수 있지만 국가와 민족, 종교 차원의 이기주의는 법의 적용 범위를 벗어나 있습니다. 결국 인류의 역사는 힘의 역사이며, 힘이 있는 집단이 스스로에게 정의의 수호자라는 이름을 붙여 왔을 뿐입니다.

이 세상은 수많은 신들, 더 정확히 말하면 인간이 조작하여 '신' 의 위치를 부여한 가치와 정보들의 싸움판입니다. 모두 다 평화와 자유와 정의를 얘기하지만 결국 그러한 신들 역시 영역 다툼에 여념이 없습니다. 소리 높여 사랑을 얘기하다가도 자신의 정신에 동의하지 않으면 상대방의 문화와 정신을 무참하게 짓밟는 일이 아직까지도 계속되고 있습니다.

인류는 아직 포용과 공존을 배우지 못했습니다. 지금까지 평화, 진리, 사랑이라는 이름으로 포장된 가혹한 행위들이 얼마나 많은 원망과 한을 만들었습니까? 그 원망과 한이 또 다른 대립과 전쟁의 씨앗이 되는 것은 불을 보듯 뻔한 일입니다.

우리는 미국에서 벌어졌던 9.11 테러에 경악하면서 '힘이 만든 평화와 안전' 이 얼마나 허망한가를 보았습니다. 막강한 경제력을 바탕으로 세계 최강의 국방력을 가진 미국이 그토록 허망하게 공격받으리라고 누가 상상이나 했겠습니까? 이제 세계는 그동안 추구해 온 평화의 방식에 대해 근본적으로 고민하지 않을 수 없게 되었습니다. 대결과 증오, 경쟁과 지배의 방식으로는 인류 평화는 요원하다는 것을 다시 한 번 절실히 깨닫게 되었습니다.

2001년 8월 유엔에서 세계의 종교 지도자와 정신 지도자들이 모여 '밀레니엄세계평화회의'를 개최했던 적이 있습니다. 나 또한 그 자리에 참석해 개막식에서 '평화의 기도'를 올렸던 뜻 깊은 자리였습니다. 그때 참가자들은 어떤 종교도 다른 종교보다 더 우월하지 않으며 모든 종교의 진리는 하나이므로, 이제 경쟁에서 벗어나 인류 평화를 위해 다 같이 협력하자고 결의했습니다.

그런데도 어떤 이들은 회의장을 떠나자마자 이렇게 말했다고 합니다.

"모든 종교를 존중하자는 데는 동의하지만 인간의 영혼을 구원할 수 있는 종교는 우리 종교밖에 없다."

너무나 씁쓸한 뒷이야기가 아닐 수 없습니다. 자기 종교만이 최고라는 아집을 버리지 않는 한 종교간의 갈등은 수천 년이 지나도 절대 해결되지 않을 것입니다. 마찬가지로 인류가 타협과 공존, 조화를 선

지구는 우리가 추구하는 모든 가치들의 토대이자 우리 삶의 뿌리이며,
우리의 생명 그 자체입니다. 우리가 추구하는 어떤 가치나 진리도
지구가 없으면 성립할 수 없습니다. 그렇기에 지구만이 인류의 의식을
하나로 모을 수 있는 중심 가치가 될 수 있습니다.

택하지 않으면 국가간, 민족간, 인종간의 갈등도 영원히 지속될 것이고, 결국 지구촌의 평화는 공허한 꿈에 불과할 것입니다.

지구를 중심에 놓고 보면 국가와 민족과 종교의 갈등이 어디에서부터 시작되었는지, 그리고 해결의 실마리가 무엇인지 인식할 수 있습니다. 그동안 스스로를 절대적인 가치라고 주장해 온 종교나 국가는 상대적인 가치에 지나지 않는다는 것을 명확히 알게 됩니다. 이러한 인식의 전환은 제한된 공간과 가치 속에 갇혀 있던 우리의 의식이 지구의식으로 크게 확장될 때만 가능한 것입니다. 지구가 중심 가치가 되었을 때, 비로소 가정도 종교도 국가도 인류 공동체의 성장과 발전에 이바지하는 본래의 역할과 기능을 할 수 있습니다.

인류의 영혼은 한 개인이나 단체, 특정 종교나 민족, 국가를 중심으로 한 평화가 아니라 지구를 중심으로 한 큰 평화를 원하고 있습니다. 인류의 영혼은 더 이상의 대립과 분열, 갈등을 원하지 않습니다.

지구를 모든 가치의 중심으로 보는 이러한 인식의 전환이 지구 평화로 가는 가장 중요한 열쇠입니다. 하나의 종교나 하나의 국가를 중심으로 한 평화는 서로 싸울 수밖에 없습니다. 서로의 중심이 다르기 때문에 평화가 서로 갈등하고, 평화가 서로 싸우게 되는 것입니다. 지구를 중심 가치로 인식하고 모든 종교나 사상이나 국가가 동등한 입장에서 서로를 존중할 때 비로소 참다운 평화의 기초가 형성될 수 있습니다.

이제 인류는 지구상의 모든 개인과 집단이 다함께 공존할 수 있는 하나의 중심 가치를 찾아야 합니다. 특정 국가나 민족, 종교를 위한 평화가 아니라 지구 전체를 위한 평화의 구심점이 있어야 합니다. 그 구심점이 바로 지구입니다. 지구는 더 이상 둘로 쪼갤 수 없는 완전한 하나이고 이것은 어느 누구도 시비할 수 없는 진실입니다. 지구에서 인류가 실현해야 할 가장 큰 비전이 있다면 그것은 지구에 평화를 정착시키는 것입니다.

그동안 인류는 지구라는 절대적인 가치를 잊은 채 국가, 민족, 종교, 지역 등의 상대적인 가치를 절대시하며 경쟁적이고 대립적인 문명을 구축해 왔습니다. 그러나 이제 인류는 그 모든 차이를 넘어 우리 모두가 지구인이라는 것을 알아가고 있습니다.

인간이 지구를 알게 되면서 지구가 병들어 가고 있다는 것 또한 알게 되었습니다. 지구과학자들과 경제학자들은 이대로 가면 지구 문명의 수명이 수십 년에 그치고 말 것이라고 경고하고 있습니다. 학자들이나 문명 비평가들의 말을 인용하지 않더라도 이것은 평범한 사람들도 피부로 느끼는 상황입니다. 인간은 스스로를 지구의 암적인 존재로 인식하기에 이르렀습니다.

현재 지구는 정원이 10억인 배에 60억이 타고 있는 것이나 다름없는 인구 과잉 상태입니다. 이대로 가면 2025년에는 80억, 2050년에는 100억에 이를 것으로 추정되고 있습니다. 100억의 인구는 현재의 지구가 감당하기에는 너무나 버거운 숫자입니다.

현재 전 세계 인구의 20퍼센트인 12억 명이 하루에 1달러도 안 되는 돈으로 생계를 유지하고 있으며, 8억 명이 기아나 영양실조 상태에 있습니다. 유엔의 지구 환경 평가보고서에 따르면 이대로 가면 이십오 년 후에는 인류의 90퍼센트 이상이 물 부족으로 고통을 겪게 된다고 합니다. 현재도 매년 4백만 명의 아이들이 물 부족으로 죽어가고 있습니다. 이제 우리는 물도 마음 놓고 마실 수 없고, 숨도 마음 놓고 쉬기 힘들 정도로 망가진 지구에서 살고 있습니다.

오랫동안 우리는 무지와 무관심으로, 혹은 오만으로 지구를 계속 학대해 왔습니다. 지구는 특유의 자정능력으로 인간의 오만을 견디며 생명을 길러 왔지만, 이제는 고통에 찬 신음소리를 내며 인간에게 항의하고 있습니다. 아무리 지구가 넓고 지정작용을 활빌히 한다고 하지만 이렇게 가다가는 머지않아 더 이상 감당하지 못할 날이 오고 말 것입니다. 우리는 일을 하다가 힘이 들면 쉽니다. 쉬어도 피곤이 풀리지 않으면 잠을 잡니다. 지구도 지금 너무 지쳐 있기 때문에 언제 휴면기에 접어들지 모르는 상황입니다.

평소에 몸을 의식하지 않고 살다가, 호되게 앓고 나면 그때서야 건강의 소중함을 느끼듯, 지구가 이곳저곳 병들고 나서야 인간은 뒤늦게 지구에 관심을 돌리게 되었습니다.

종교나 국가는 선택할 수 있지만 지구는 우리가 선택할 수 있는 대상이 아닙니다. 아무리 큰 나라라 할지라도 지구보다는 작습니다. 아무리 오래된 종교나 민족이라 할지라도 지구의 역사보다는 짧습니다. 국가나 민족, 종교는 생겼다가 사라질 수도 있지만 지구가 없어지면 인류는 생존할 수 없습니다.

하나의 종교 혹은 하나의 국가를 중심에 세운 평화는
서로 싸울 수밖에 없습니다. 서로의 중심이 다르기 때문입니다.
그래서 각 평화끼리 서로 갈등하고, 평화끼리 서로 싸우게 됩니다.

인생을 '여행'이라는 느긋한 단어에 비유하다가도, 인류와 지구의 미래를 생각하면 갑자기 마음이 조급해집니다. "이제 정말로 시간이 없다", "이대로는 안 된다. 이것은 길이 아니다"라는 목소리가 사방에서 들려오고 있습니다.

인류는 지금 지구 전체가 파국을 향해 과속으로 질주하고 있다는 것을 뒤늦게 깨닫고 어찌할 바를 모르고 있습니다. 목적지를 알고 하는 여행이라면 보람 있고 낭만적이겠지만 어디를 향해 가야 하는지 모르는 채 무작정 발걸음을 내디뎌야 한다면 그것은 여행이 아니라 방황이 될 것입니다.

인류는 그동안 끊임없이 외적인 성장과 확산을 추구해 온 결과 이제 이 지구상에서 인간의 손길이 닿지 않은 곳은 거의 찾아볼 수 없게 되었습니다. 사람과 돈과 정보가 국경을 넘어 자유롭게 이동하면서 세계는 점점 하나의 지구촌이 되어가고 있습니다.

그러나 삶의 환경이 더 빠르고 편리하고 풍족해질수록 반대로 우리의 삶은 불안정해지고 방향감각을 잃어가는 듯합니다. 많은 사람들이 정서적 황폐화와 공허감을 느끼며 삶의 의미를 찾지 못해 방황하고 있습니다. 넘쳐나는 정보와 가치의 홍수 속에서 삶의 나침반 역할을 해 줄 안정적이고 보편적인 가치 기준이 사라지고 있기 때문일 것입니다.

다양한 삶과 문화에 대한 정보를 더 많이, 더 빠르게, 더 쉽게 접하게 될수록 한 개인이나 집단이 지녀왔던 가치체계는 더 강력하게 도전을 받고 있습니다. 우리는 전통적인 공동체적 가치들은 빠르게 붕괴되어가는 반면, 지구촌 시대에 걸맞은 새로운 가치체계는 아직 생겨나지 않은 혼돈의 시대를 살아가고 있습니다.

이러한 혼돈을 극명하게 보여 주는 것이 탈가정·탈종교·탈국가 현상입니다. 대부분의 선진국에서 이혼률은 50퍼센트를 넘어서고 있으며 전통적인 가정상은 붕괴된 지 이미 오래입니다. 기성 종교에서 영적인 만족을 얻지 못하는 사람들 또한 늘어나고 있습니다. 또 국가라는 시스템에 갇혀 있는 것을 답답하게 여기며, 국적은 자신의 필요에 따라 얼마든지 바꿀 수 있다는 생각이 설득력을 얻고 있습니다.

이처럼 그동안 우리의 삶에 가치 기준을 제시하고 정체성의 기반이 되었던 통합의 구심점들은 점차 권위를 잃어가고 있으니, 이제 우리에게는 가정이나 종교, 국가가 주었던 가치보다 더 크고 보편적인 가치가 필요한 상황입니다.

우리는 매우 중요한 전환점에 서 있습니다.

삶의 선택과 판단의 근거가 되어 온 가치들이 권위를 잃은 상황에서 우리는 단지 파편화된 개인으로 살아가야 하는 것일까? 경쟁적으로 각자의 가치만 추구할 뿐 더 이상 그 어떤 공동체적 가치나 이상을 가질 수 없는 것일까?

소외되고 분열된 '나'만을 외롭게 지키며 살아갈 뿐, 함께 꿈꾸고, 함께 그 꿈을 이루는 기쁨은 더 이상 누릴 수 없는 것일까? 이것이 우리가 원하는 삶일까? 그리고 과연 이것이 최선일까?

이런 질문을 던지지 않을 수 없습니다.

우리 안에 있는 지성과 영성은 그렇지 않다고 말합니다. 모든 개인이 각자 자유롭게 자전을 하면서도, 우리 모두의 더 나은 삶을 위해 함께 공전할 수 있다고 말합니다. 모든 상대적인 가치들을 통합할 수 있는 새로운 중심 가치, 경쟁과 지배가 아닌 조화와 화합의 구심이 될 수 있는 새로운 중심 가치가 있다고 말합니다.

그 새로운 중심 가치는 놀랍게도 바로 '지구'입니다. 언제나 우리와 함께해 왔지만 그 존재를 자각하지 못했고, 우리 삶의 토대이지만 그 소중함을 느끼지 못했고, 지극히 잘 알고 있다고 생각하지만 결코 제대로 알지 못하고 있는 바로 그 지구인 것입니다.

지구는 우리가 추구하는 모든 가치들의 토대이자 우리 삶의 뿌리이며, 우리의 생명 그 자체입니다. 우리가 추구하는 어떤 가치나 진리도 지구가 없으면 성립할 수 없습니다. 그렇기에 지구만이 인류의 의식을 하나로 모을 수 있는 중심 가치가 될 수 있습니다.

지구는 모든 생명의 어머니입니다. 모든 생명을 다 키우고 거두는 생명의 근원입니다. 우리는 그동안 지구로부터 너무나 많은 것을 받아 왔습니다. 이제 지구는 인간에게 무엇을 베풀 만한 여력이 점점 떨어지고 있습니다. 부모님이 늙고 병들었을 때 자녀가 부모에게 은혜를 갚는 것이 도리이듯이, 이제 인간이 병들어 가는 지구를 돕고 사랑할 때입니다.

이제 우리가 눈으로 볼 수 있고 만질 수 있고 느낄 수 있는 인류의 생명의 근원, 지구에게 사랑을 돌려주어야 할 때가 되었습니다. 지구를 중심으로 모든 인류가 하나 될 때가 되었습니다.

3

지구에게도 영혼이 있다

인간에게 영혼이 있듯이 지구에게도 지구의 영혼,
지구의 마음이 있습니다. 모든 생명체를 낳고 키우는 생명의 근원,
생명의 어머니와 같은 마음, 그것이 지구의 마음입니다.

지구를 생각하면 가장 먼저 떠오르는 것이 인공위성에서 찍은 둥글고 푸른 행성의 모습입니다. 그러나 지구의 마음과 교류하기 위해서는 물질적인 차원의 지구뿐만 아니라 정신적인 차원의 지구를 알아야 합니다. 지구에 대한 지질학적·생태학적 지식을 갖는 것도 중요하지만 그보다 더욱 중요한 것은 지구를 느끼는 것입니다.

산길을 가다 무리지어 피어 있는 들꽃을 보고, 반가운 마음에 사람을 대하듯 '안녕' 하고 인사를 건넬 때가 있습니다. 집에서 꽃이나 나무를 정성껏 가꾸어 본 사람은 그들과 대화해 본 적이 있을 것입니다. 꽃과 마음을 주고받으며 교류할 때 우리는 꽃을 단지 물질적인 대상이 아닌 하나의 생명체로 인식합니다. 즉 꽃이라는 생명체를 구성하는 생명 에너지와 영혼을 느끼는 것입니다. 마찬가지로 우리가 지구와 교류하기 위해서는 지구를 하나의 생명체로 대해야 하고 그 생명체에 깃든 에너지와 영혼의 존재를 알아야 합니다.

우리 인간이 육체와 에너지와 영혼을 가지고 있듯이, 지구도 육체

꽃과 마음을 주고받으며 교류할 때
우리는 꽃을 단지 물질적인 대상이 아닌 하나의 생명체로 인식합니다.
즉 꽃이라는 생명체를 구성하는 생명 에너지와 영혼을 느끼는 것입니다.
마찬가지로 우리가 지구와 교류하기 위해서는
지구를 하나의 생명체로 대해야 하고 그 생명체에 깃든
에너지와 영혼의 존재를 알아야 합니다.

와 에너지와 영혼을 가지고 있습니다. 지구의 몸은 우리가 보고 만지고 느낄 수 있는 산, 바다, 강, 식물, 동물 등 지구상에 존재하는 모든 생물과 무생물입니다. 이때 지구는 단지 둥근 땅덩어리만이 아니라, 지구를 둘러싸고 있는 대기, 그 대기를 가로지르는 구름과 바람, 비와 눈, 바다 등을 모두 아우르고 있습니다.

물론 우리 인간도 지구의 일부입니다. 인간도 다른 동물들처럼 지구에서 나서 지구의 음식을 먹고 자라는 지구의 자녀입니다. 인간이 다른 동물과 다른 점은 지구의 생명체 중에서 가장 뛰어난 이성과 지성을 지녔으며, 그것을 사용하여 지구를 자신이 상상한 대로 창조하고 변화시킬 수 있는 능력을 가졌다는 것밖에 없습니다. 인간도 생명의 뿌리인 지구를 떠나서는 살 수 없는 지구의 생명체일 뿐입니다.

인간의 몸은 지구와 비슷한 데가 많습니다. 지구에 오대양 육대주가 있듯이 우리 몸에도 오장 육부가 있고, 지구에 산맥과 강과 들판이 있듯이 우리 몸에도 뼈와 혈관과 근육이 있으며, 지구에 나무가 있듯이 우리 몸에도 털이 있습니다. 태양과 달이 지구를 비추듯이 우리에게도 빛나는 두 눈이 있고, 별이 반짝이듯이 우리의 정신도 반짝이고 있으며, 우리의 마음도 하늘을 닮아 한없이 넓어질 수 있습니다.

지구는 매순간 엄청난 에너지를 뿜어내고 있으며 그 에너지는 대기를 가득 채우고 있습니다. 우리는 그 에너지를 규칙적으로 들이마시는 공기를 통해, 손가락 사이를 스치고 지나가는 바람을 통해 느낄 수 있습니다.

식물과 동물을 비롯하여 바위와 물, 불 등의 사물에 이르기까지 지구상의 모든 존재는 에너지로 구성되어 있습니다. 우주에 존재하는 모든 존재의 근원이 되는 순수한 에너지를 천지기운이라고 합니다. 인간과 자연은 천지기운이라는 생명의 젖줄, 생기生氣를 통해 생명을 유지하고 있으며 크나큰 생명 에너지의 바다 속에서 서로 교류하고 있습니다. 천지기운은 바로 지구의 기운입니다.

인간에게 영혼이 있듯이 지구에게도 지구의 영혼, 지구의 마음이 있습니다. 모든 생명체를 낳고 키우는 생명의 근원, 생명의 어머니와 같은 마음, 그것이 지구의 마음이요, 천지마음입니다. 천지마음 속에서 모든 생명의 영혼은 하나로 모여들고 각각으로 흩어집니다. 천지마음은 곧 한얼이요, 우주심宇宙心이며 지구의 영혼입니다.

동서양을 막론하고 지구의 영혼을 일컫는 말로 '지구 어머니' 라는 말을 사용합니다. 고대 한국에서는 지구 어머니의 이름을 '마고麻姑' 라고 불렀고 서양에서는 '가이아Gaia' 라고 불렀습니다. '마' 는 Ma, Mother, Mom, 엄마 등 세계적으로 어머니를 지칭할 때 주로 사용되는 소리입니다. '고'는 '오래다' 또는 '근원'을 뜻하는 말로 이해할 수 있습니다. 그래서 '마고'는 오래된 어머니, 근원의 어머니라는 뜻이 됩니다.

지구의 영혼은 인간의 영혼과 연결되어 있기 때문에 마고의 마음을 느낄 때 우리는 비로소 지구와 통할 수 있으며, 지구가 우리 마음속으로 들어옵니다. 그럴 때 지구 어머니의 마음으로 모든 것을 포용하고 사랑하고 조화를 이룰 수 있게 됩니다.

미국 애리조나 주 세도나에서 오랫동안 뿌리를 내리며 살았던 인디언들도 지구의 영혼이 존재한다고 믿었고, 지구의 영혼을 이해할 때 인류의 의식과 지구의 의식이 바뀌고 상처받은 지구가 치유될 수 있다고 믿었습니다.

지구 어머니 마고는 신神과는 다른 개념입니다. 신은 눈에 보이지 않지만 지구 어머니는 눈에 보이는 몸을 지니고 있습니다. 지구 어머니는 우리가 보고 듣고 만질 수 있으며 언제나 우리와 함께하는 생명의 뿌리입니다.

어쩌면 인류는 지금까지 눈에 보이지 않는 신을 대상으로 짝사랑을 해 왔는지도 모릅니다. 자신이 믿는 신이 내 나라, 내 민족, 내 종교, 내 가정 그리고 나를 지켜줄 것이라고 믿고 수많은 사람들이 자신의 신을 절대적인 위치에 올려놓기 위해 싸웠습니다. 응답하지 않는 신을 향해 끊임없이 기도하면서 인간은 결국 신의 이름으로 자신이 원하는 일만을 해 왔습니다. 그러나 지구는 몸과 에너지와 마음이 있기 때문에 인간이 자신에게 한 일을 좋아하는지 싫어하는지 금방 알 수 있습니다. 인간은 지구 어머니 미고를 속일 수 없습니다.

지구는 모든 인류의 어머니와 같은 존재입니다. 지금의 인류는 지구라는 별 위에서 서로 헐뜯고 싸우는, 지구의 철없는 자녀들입니다. 가정에서도 어린 자녀들이 싸울 때 스스로 그 싸움을 멈출 수 없으면 어머니가 나서서 중지시킵니다. 이제 우리의 행성 지구에도 국가와 국가, 민족과 민족, 종교와 종교 간의 싸움을 말릴 수 있는 어머니 같은 존재가 출현할 때가 되었습니다. 어머니와 같은 큰사랑으로 모든 인류를 따뜻하게 안아줄 수 있는 존재, 모든 국가와 민족과 종교를 포용할 수 있는 존재가 바로 지구 어머니입니다.

지구 어머니는 지금 고통을 받고 있습니다. 수백억 년 동안 건강하게 생명을 이어온 지구가 인간의 무분별함 때문에 깊이 병들었습니다. 그러나 지구 어머니의 고통은 단지 지구의 몸인 자연 환경 파괴 때문만은 아닙니다. 지구 어머니의 영혼은 인간의 영혼과 연결되어 있기 때문에 인간이 서로 갈등하고 대립할수록 지구 어머니의 괴로움은 커져만 갑니다.

이 세상에서 인간과 지구에 대한 가장 극진한 사랑을 가진 존재가 있다면 그것은 바로 지구 어머니일 것입니다. 아무리 광폭한 사람도 지구 어머니 마고는 신神과는 다른 개념입니다.
신은 눈에 보이지 않지만 지구 어머니는 눈에 보이는 몸을 지니고 있습니다.
지구 어머니는 우리가 보고 듣고 만질 수 있으며
언제나 우리와 함께하는 생명의 뿌리입니다.

조건 없는 큰사랑을 베푸는 어머니 앞에서는 약해질 수밖에 없듯이, 인류가 지구 어머니의 마음을 안다면 점차 싸움을 줄여나갈 것이라고 나는 믿습니다.

인류 평화는 지구 어머니, 마고의 마음을 느끼는 것에서 시작됩니다. 이제 지구에 와 있는 모든 사람들이 지구 어머니와 에너지로, 영혼으로 교류할 때가 되었습니다. 이제 많은 사람들이 그렇게 할 준비가 되었습니다.

진정한 인류 평화를 이루기 위한 중심 가치로 지구를 받아들이기 위해서는 지구의 중요성을 자각할 뿐만 아니라 지구와 교류할 수 있어야 합니다. 지구가 중요하고 지구가 중심이 되어야 한다는 것은 누구나 다 알고 있습니다. 그러나 그러한 지식이 현실을 변화시키는 데 아무런 힘도 발휘하지 못한다면 무용지물일 뿐입니다.

뇌에 어떤 정보가 들어와 행동으로까지 이어지려면 그 정보가 말단 신경세포에까지 전달되어야 하듯이, 지구라는 중심 가치도 지식 차원을 넘어서 가슴으로, 온몸으로 받아들여져야 비로소 행동으로, 현실로 연결될 수 있습니다.

그러기 위해서는 지구의 마음과 인간의 마음이 교류해야 합니다. 이것이 핵심입니다. 많은 사람들이 지구가 중요하다는 것은 알고 있지만 지구의 마음과 교류하는 방법을 모르기 때문에 지구는 거대한 물리적인 대상으로밖에 인식되지 않고 있습니다. 더욱이 지구의 마

음과 교류하는 법을 잃어버린 인간의 성정은 갈수록 삭막해지고 있
습니다.

지구의 마음을 느끼고 그 마음을 받아들이는 것 자체가 하나의 깨
달음입니다. 지구의 마음을 느끼는 순간 지구 의식이 가슴으로 들어
오고, 우리의 의식도 지구를 안타까운 마음으로 바라보는 지구 의식,
우주 의식으로 바뀌기 때문입니다.

4

지구의 몸을 느껴 보자

지구의 의미를 지성적으로 이해하는 것 못지않게
감각적으로 느끼는 것이 중요합니다.
그랬을 때 지구의 문제가 나의 문제로 다가오고
문제를 근본적으로 해결하는 방법을 찾을 수 있습니다.

지구 어머니 마고와 교류하는 첫 번째 방법은 지구 어머니의 몸을 느끼는 것입니다. 우리가 매일 보는 꽃과 나무, 산과 바다가 모두 지구 어머니의 몸입니다. 날마다 식탁에 올라오는 빵과 야채, 과일도 모두 지구 어머니의 몸을 구성하는 요소들입니다. 매일 마시고 있으며 우리 몸의 70퍼센트를 차지하는 물은 지구 어머니의 젖과 같습니다.

우리 모두는 지구 어머니가 제공하는 음식을 먹고, 지구 어머니의 품에서 생활하며, 지구 어머니가 제공하는 안식처에서 잠을 잡니다. 지구 어머니는 인간을 비롯한 모든 생명체를 거두는 근원의 어머니입니다. 우리는 지구 어머니의 몸인 자연을 통해 지구 어머니의 존재를 느낄 수 있습니다.

상상해 보십시오.

수많은 꽃과 나무, 동물들을 기르고 거두는 산과 들을 보며 지구 어머니의 품을 느낄 수 있습니다. 햇빛을 반사하며 반짝이는 바다는 깊이를 가늠할 수 없는 지구 어머니의 영혼입니다. 온몸을 애무하듯 스쳐 지나가는 바람은 지구 어머니의 숨결입니다. 청명한 하늘과 흰 구름은 지구 어머니의 마음입니다. 태어난 곳을 탓하지 않고 어떻게 쓰이든 감사하며 인내하는 초목들, 최선을 다해 주어진 생명을 불태우는 동물들은 우리 인간이 사랑하고 보호해야 할 지구 어머니의 세포들입니다.

그런가 하면 지구 어머니에게 끊임없는 사랑의 에너지를 보내주는 존재가 있습니다. 낮에는 태양이, 밤에는 달과 별이 교대하며 지구를 축복하고 있습니다. 양지바른 곳에서 두 눈을 감고 온몸에 쏟아지는 따스한 햇볕을 느껴본 적이 있습니까? 어둠 속에서 멀리 대지의 실루엣을 보일 듯 말 듯 드러내 주는 황금색 보름달을 본 적이 있습니까? 칠흑 같은 밤하늘에 흩뿌려진 별빛의 흔들림을 본 적이 있습니까? 우리가 마음을 열고 느끼기만 하면 애써 노력하지 않아도 태양과 달과 별의 축복을 받을 수 있습니다. 이 모두가 지구 어머니 위에 발을 딛고 그 품 속에서 숨을 쉬고 있기 때문에 느낄 수 있는 것입니다.

우리는 지구의 수많은 생명체들과 함께 우주의 숨결을 나누어 마시고 있습니다. 내 몸 속에 있던 숨을 나무가 마시고, 나무의 숨을 다른 동물들이 마십니다. 그 숨은 돌고 돌아 다시 내 몸으로 들어옵니다. 숨으로 이어진 생명의 순환 속에 빛나는 하나의 진실이 있습니다. 우리는 숨을 통해 하나로 연결되어 있다는 것입니다.

우리는 숨 속에서 생명 그 자체를 느낄 수 있습니다. 우리의 영혼을

느낄 수 있습니다. 우주의 신성과 연결되어 있는 우리의 신성을 느낄
수 있습니다.

나무와 함께 숨쉬기

인간에게는 생명이 들어오는 두 가지 문이 있습니다. 하나는 코고 다
른 하나는 입입니다. 코로는 보이지 않는 공기, 하늘의 에너지, 천기
天氣가 들어옵니다. 입으로는 눈에 보이는 음식, 땅의 에너지, 지기
地氣가 들어옵니다. 천기와 지기가 몸 안을 순환하며 우리의 생명이
유지되고 있습니다.

　우리가 마시는 공기의 70퍼센트가 산소입니다. 산소는 나무에서
옵니다. 우리 몸에서 나오는 이산화탄소는 다시 나무가 가져갑니다.
나무와 우리는 생명을 주고받습니다.

　나무를 통해 지구를 느끼는 명상법을 소개하겠습니다. 이 명상법
은 건강한 나무가 많은 숲에서 하면 가장 좋지만 실내에서도 얼마든
지 할 수 있습니다.

　눈을 감고 당신 앞에 나무가 있다고 상상해 보십시오. 커다랗고 건

강한 나무가 있습니다. 그 나무가 뿜어낸 산소는 호흡과 함께 우리 몸으로 들어오고, 우리가 숨을 내쉴 때 나오는 에너지는 다시 나무에게로 돌아갑니다. 나무가 주는 신선한 산소를 들이마시며 계속 호흡을 해 보십시오. 나무는 아주 크고 건강합니다. 생명의 에너지를 공급해 주며 우리의 몸을 정화하고 있습니다. 나무의 생명이 우리에게로 옮겨지고 있습니다. 우리의 생명이 나무에게 옮겨지고 있습니다.

그 나무는 지구에 깊이 뿌리를 박고 있습니다. 지구에서 나무에게, 나무에서 우리에게, 우리에게서 다시 나무로, 그리고 지구로 순환하는 에너지의 흐름을 상상하며 계속 호흡을 합니다.

나무의 산소를 통해서 지구의 에너지와 영혼이 우리에게 전달됩니다. 우리는 잠시도 혼자 존재할 수 없습니다. 에너지 교류가 우리 인생의 본질입니다. 명상이나 호흡 수련을 할 때는 이렇게 나무를 상상하면서 하십시오. 그리고 나무를 통해서 지구와 함께 호흡하십시오. 호흡을 통해서 나무와 지구, 더 나아가 모든 인류가 하나임을 깨닫게 될 것입니다.

나는 숨을 쉬고 있습니다. 당신도 숨을 쉬고 있습니다. 우리는 허공에 함께 코를 묻고 살아갑니다. 어떤 값도 치르지 않고 그냥 숨을 쉽니다. 이 공기의 주인이 누구입니까? 인간의 생명을 유지하는 데 공기보다 더 소중한 것은 없습니다. 이것을 값으로 친다고 생각해 보십시오. 그러나 이 공기의 주인은 그 누구에게든 한 번도 청구서를 발부한 적이 없습니다.

수많은 나무가 우리 생명의 뿌리입니다. 나무는 인류에게 무상으로 에너지를 공급하고 있습니다. 그러면서도 한 번도 자기에게 영광을 돌리라고 하지 않습니다. 우리가 영광을 돌려야 한다면 그 대상은 신이 아니라 나무여야 할 것입니다. 우리가 감사해야 한다면 그 대상은 지구여야 할 것입니다.

나무는 배우지 않았어도 신앙이 없어도 우리를 힐링healing(치유)합니다. 지구는 나무에게 아무 조건 없이 물과 영양분을 공급합니다. 나는 나무가 더 중요한지 신이 더 중요한지 모르겠습니다. 이 지구가 더 중요한지 신이 더 중요한지 모르겠습니다. 누가 나에게 알려 주면 좋겠습니다. 나에게 이렇게 말해 주면 좋겠습니다.

"나무가 곧 신입니다."

"지구가 곧 신입니다."

그러면 나는 행복하겠습니다.

신이 이 지구보다 더 중요하고 이 나무보다 더 중요하고 이 공기보다 중요하다는 말을 나는 믿을 수가 없습니다. 신이 이 나무와 공기와 지구 속에 있지 않고, 저 높은 곳에 따로 존재한다는 말을 나는 믿을 수가 없습니다. 나는 나무와 공기와 지구…… 우리와 함께 살아가는 지구의 모든 생명체 속에 신이 있다고 생각합니다. 나는 그렇게 느끼고 있습니다.

우리는 지구의 수많은 생명체들과 함께 우주의 숨결을
나누어 마시고 있습니다. 내 몸 속에 있던 숨을 나무가 마시고
나무의 숨을 다른 동물들이 마십니다.
그 숨은 돌고 돌아 다시 내 몸으로 들어옵니다.
숨으로 이어진 생명의 순환 속에 빛나는 하나의 진실이 있습니다.
우리는 숨을 통해 하나로 연결되어 있다는 것입니다.

나무와 인간이 에너지를 교류할 때는 중개자가 없습니다. 세금이 붙지도 않습니다. 회계사도, 변호사도 필요 없습니다. 그러나 한 번도 분쟁이 일어난 적이 없습니다. 생명의 교류에서 분쟁이 일어나지 않는 이유는 불필요한 중개자가 끼지 않기 때문입니다. 이 세상의 많은 혼란은 중간에 있는 사람들이 일으킵니다. 그 사람들이 영광을 받고 분쟁을 일으킵니다.

정말 우리에게 생명을 준 주체는 말이 없습니다. 그리고 아무것도 요구하지 않습니다. 기도하라고도 하지 않습니다. 영광을 돌리라고도 하지 않습니다. 아무 조건 없이 몇천 년, 몇만 년 동안 꾸준히 생명을 공급해 왔을 뿐입니다. 그것이 진짜 자비이고 사랑이 아닙니까? 그것보다 더 큰 사랑이 어디 있겠습니까?

나무와 우리는 허공에 함께 코를 묻은 채 숨을 쉬고 있습니다. 깊이 교류하고 있습니다. 나무와 우리 사이에 얼마나 많은 에너지의 순환이 있었는지 모릅니다. 우리는 이렇게 생명으로 연결되어 있습니다.

나는 나무에게도 빚을 졌고 지구에게도 빚을 졌습니다. 그 부채가 너무나 큽니다. 그러나 나무와 지구와 내가 하나가 아니라 따로따로라면 도저히 빚을 갚을 수 없을 테지만 모두가 하나임을 알기 때문에 그 빚을 갚을 수 있습니다.

나무는 내게 이렇게 이야기합니다.

"나는 나무이고, 지구이고, 동시에 이 우주의 모든 것입니다. 나는 곧 당신이고 인류입니다. 당신이 이 사실을 안다면 나를 대하듯 모든 것을 존중하고 사랑하십시오."

한 그루 나무가 아름답게 자라기까지 혼자의 힘만으로 이루어진 것은 아무것도 없습니다. 태양의 기운, 달의 기운, 바람의 기운……, 보이지 않는 무수한 기운들의 도움이 있었습니다. 나무는 성장하기 위해 이 모든 것에 자신을 활짝 열어놓습니다. 나무만이 아니라 지구의 모든 생명체들이 그렇습니다. 그런데 인간만이 자꾸만 자기 안으로 빠져듭니다.

흔히 사람들은 단순히 눈이 있으니 사물을 볼 수 있다고 생각합니다. 그러나 그것은 인간을 위주로 한 생각입니다. 태양이 없다면 사물을 볼 수 없지만 태양만 있다고 해서 볼 수 있는 것도 아닙니다. 먼지가 태양의 빛을 반사하기 때문에 우리 눈에 사물이 보입니다.

당신의 손을 들어올려 손바닥을 보십시오. 손바닥에 고정되어 있던 시선을 다른 곳으로 옮겨 보십시오. 손만 보입니까? 팔과 그 팔에 연결된 몸통, 또 당신 앞에 있는 다른 사물들이 보이지 않습니까? 허공이 보이지 않습니까?

하늘의 별은 제각기 떨어져 있는 것처럼 보입니다. 그러나 하늘 전체를 볼 때는 모든 것이 한 덩어리입니다. 허공을 생각하지 않고 세상을 보면 수천수만 가지가 다 따로따로입니다. 우리 자신의 생각과 관념에만 집착할 때는 허공이 보이지 않습니다. 마치 별과 달은 보면서 그들이 박혀 있는 허공은 보지 못하는 것처럼. 그러나 허공이 있으니 그 허공에 별과 달이 매달릴 수 있는 것입니다.

허공을 느낄 수 있는 눈과 귀가 필요합니다. 지구를 느낄 수 있는 눈과 귀가 필요합니다. 지구를 느끼고 지구와 하나 될 때 우리는 모든 것과 하나로 연결될 수 있습니다. 지구의 몸을 느낄 수 있는 감각을 신은 누구에게나 주셨습니다. 우리 모두는 지구로부터 왔기 때문에 지구를 느낄 수 있는 감각도 누구나 가지고 있습니다.

우리는 사랑하는 사람을 만나듯이 설레는 마음으로 지구와 교류할 수 있습니다. 누구에게나 그런 감각이 있는데 제대로 사용하지 않았을 뿐입니다. 그 감각이 살아날 때 꽃과 나무와 대화를 나눌 수 있습니다. 하늘의 달과 별과도 대화를 나눌 수 있습니다.

새를 통해 지구 느끼기

숲이나 들에 가거든 주변에서 들려오는 소리에 자신을 열어 놓으십시오. '듣는' 귀가 아니라 '들리는' 귀로 들어 보십시오. 또한 '보는' 눈이 아니라 '보이는' 눈으로 보십시오. 보려고 해서 보고, 들으려고 해서 듣는 것은 관념으로 보고 듣는 것입니다. 그냥 와 닿는 자연의 느낌 그대로를 느껴 보십시오.

새소리가 들리면 가만히 귀를 기울여 보십시오. 그 소리는 파장입니다. 열린 귀로 받아들이면 그 파장이 우리 안으로 깊이 들어옵니다. 그러나 내면의 귀를 닫아버리면 파장은 단순한 파장으로 끝납니다.

나 또한 지구의 몸과 마음과 에너지를 느끼지 못하고 알지 못했을 때는 새 소리를 들어도 그냥 새 소리로만 들었습니다. 그러나 이제는 새 소리를 들으면서 저 새의 심장은 잘 뛰고 있는가? 저 새의 체온은 어떤가? 이런 것들을 가만히 느껴봅니다. 그러면 나에게 새의 체온이 느껴집니다.

새의 가슴이 뜨겁지 않으면 새는 지저귈 수 없습니다. 새의 가슴을 뜨겁게 하는 것이 무엇입니까? 나는 새소리를 통해서 무수한 생명의 지저귐을 듣습니다. 새소리에서 태양을 느낄 수 있습니다. 태양이 지저귀는 소리를 듣습니다. 새의 울음 속에 태양이 있고, 달이 있고, 공기가 있고, 모든 생명이 있습니다. 새소리와 더불어 태양과 대화를 나눌 수 있고 달이나 별과도 대화를 나눌 수 있습니다.

닫힌 눈으로 볼 때는 그냥 새일 뿐이지만, 열린 눈으로 볼 때는 새가 태양이고 달이고 별입니다. 그 안에서 우리는 지구를 볼 수 있고 우리 자신을 볼 수 있습니다.

열린 눈으로 바라보면 공기와 나의 관계, 나무와 나의 관계, 꽃과

우리는 사랑하는 사람을 만나듯이 설레는 마음으로
지구와 교류할 수 있습니다. 누구에게나 그런 감각이 있는데
제대로 사용하지 않았을 뿐입니다. 그 감각이 살아날 때
꽃과 나무와 대화를 나눌 수 있습니다.
하늘의 달과 별과도 대화를 나눌 수 있습니다.

나의 관계, 땅과 나의 관계, 지구와 나의 관계가 연결되기 시작합니다. 마음을 활짝 열면 열수록 점점 우리와 자연의 경계가 사라집니다. 우리의 몸과 지구의 몸이 하나가 됩니다. 우리는 지구라는 큰 생명 속에 하나로 연결되어 있습니다. 생명을 느낄 수 있는 감각이 살아나면 발부리에 걸리는 돌멩이 하나도 사랑스럽고, 마른 땅에 뒹구는 나뭇잎 하나도 함부로 할 수 없습니다.

지구의 속삭임

지구는 부드럽게 속삭이네
대지는 나의 가슴
바다는 나의 영혼
바람은 나의 숨결
하늘은 나의 마음
당신은 나의 철든 아이
지구는 간절하게 속삭이네
온몸에 쏟아지는 햇살을 느껴 봐요

별빛과 달빛의 속삭임을 들어 봐요

산과 들, 꽃과 나무, 바람과 구름의 노래를 들어 봐요

마고의 꿈을 이루어 달라는

그들의 한 목소리를 들어 봐요

5

지구의 에너지를 느껴 보자

당신의 몸에서 일어나고 있는
생명 현상 속으로 깊이 들어가십시오.
모든 생각을 끊고 생명의 흐름에 몸을 맡기십시오.
그 흐름을 온몸으로 자각하는 순간,
우리에게 근원적인 깨달음이 일어납니다.

지구 어머니의 숨결이 그리울 때, 지구 어머니의 에너지를 받고 싶을 때, 지구를 향한 지구 어머니의 애통해하는 마음을 느끼고 싶을 때 마고와 함께 숨을 쉬십시오. 숨 속에서 지구의 에너지와 하나 될 수 있습니다.

지구 어머니 마고와 교류하는 두 번째 방법은 그 에너지를 느끼는 것입니다. 지구의 대기 속에는 에너지가 가득 차 있습니다. 애써 보려고 하면 볼 수 있을 만큼 신비한 에너지 광자光子들이 나선형으로 빠르게 회전하며 대기를 가득 채우고 있습니다. 뿐만 아니라 지구의 대지와 바위, 산과 바다에서도 에너지가 뿜어져 나오고 있습니다.

기氣를 통해 우리는 지구 어머니의 에너지를 몸으로 직접 느낄 수 있습니다. 두 손을 허공으로 들어올려 보십시오. 손에 무엇이 느껴집니까? 공기가 만져질 것입니다. 바로 이 공기 속에 지구 어머니의 숨결이 있습니다. 눈을 감고 손을 천천히 움직이면서 공기의 흐름이 어떻게 달라지는지 느껴 보십시오.

가슴 앞에 두 손을 모으고 손바닥을 마주 대봅니다. 손에 느껴지는 미묘한 감각에 집중합니다. 처음에는 체온이 느껴지지만 계속 집중하고 있으면 열감과 함께 가느다란 맥박이 느껴질 것입니다. 심장을 떠난 따뜻한 피가 손끝까지 순환하며 만들어내는 그 생명의 리듬을 느껴 보십시오.

양손의 간격을 5~10센티미터 가량 벌리고 모든 의식을 두 손에 집중합니다. 어깨, 팔, 손목, 손에 힘을 빼서 두 손이 마치 허공에 떠 있는 것처럼 느껴지게 합니다. 손끝이 저릿저릿해지면서 손가락이 조금씩 움직일 것입니다. 추운 겨울날 손에 쥔 따뜻한 물 한 잔의 온기가 팔을 타고 온몸에 퍼지듯, 그 느낌이 손바닥 전체로 확산되는 것을 느껴 봅니다.

이제 두 손을 조금씩 벌렸다 오므렸다 해 봅니다. 아주 천천히 손을 움직이면서 두 손에서 느껴지는 감각을 따라 의식을 집중합니다. 열감이나 당기는 듯한 자력감, 간질거리는 느낌 등 미묘한 감각이 느껴질 것입니다.

공을 잡은 것처럼 두 손을 둥그렇게 만들어 천천히 돌려 봅니다. 마치 양손 사이에 고무풍선이 있는 것처럼 말랑말랑 탄력 있게 뭉쳐지는 기의 덩어리를 느껴 보십시오. 보이지 않는 무형의 에너지가 손바닥 사이에서 더 섬세하고 밀도 있게 모이는 것을 느낄 수 있습니다.

그것이 바로 기이며, 마고 어머니의 에너지입니다. 그 무형의 에너지 흐름에 손을 내맡겨 봅니다. 손바닥뿐만 아니라 손등으로, 손목으로, 팔로, 얼굴로 그 에너지가 확장됩니다. 마치 눈송이가 내려오듯이 기운이 우리 몸을 감싸고 있습니다.

이제 손바닥이 하늘을 보게 하고 두 손을 허공으로 천천히 들어올립니다. 지구 어머니 마고가 양손으로 우리의 두 손을 잡아 포근하게 감싸고 있다고 상상해 보십시오. 손을 통해 지구 어머니의 에너지가 얼굴로, 온몸으로 전달됩니다. 우리 주위에 감도는 포근한 에너지 속에 지구 어머니 마고가 있습니다. 우리는 지구 어머니의 품 속에 안겨 있는 것입니다. 지구 어머니의 숨결과 사랑이 느껴집니다. 우리 영혼이 기를 타고 두꺼운 몸의 껍질을 뚫고 나와 지구의 영혼과 하나가 됩니다. 이 에너지는 평화요, 생명이요, 자유입니다. 우리는 이 에너지로 자기 자신을 치유할 수 있습니다. 가족에게 보낼 수도 있고, 이웃과 병든 지구를 치유하는 데 활용할 수도 있습니다.

지구 어머니의 에너지는 우리의 몸과 마음을 정화하고, 불안정한 에너지를 조화롭게 해 주며, 우리 몸에 활력과 생명력이 흘러넘치게 해 줄 것입니다.

이번에는 깊은 숨을 통해서 지구를 느낄 수 있는 '마고 호흡법'을 알려드리겠습니다. 마음을 활짝 여십시오. 조용히 아랫배 단전에 마음을 집중하면서 숨을 들이마시고 내쉽니다. 자세를 바르게 하고 눈을 감은 채 모든 마음을 한 곳에 모읍니다.

잡념을 끊고 숨을 쉬십시오. 잡념은 시간과 공간이라는 틀에서 비

지구의 대기 속에는 에너지가 가득 차 있습니다.
대지와 바위, 산과 바다에서도 에너지가 뿜어져 나오고 있습니다.
기氣를 통해 우리는 지구 어머니의 에너지를 몸으로 직접 느낄 수 있습니다.
바로 이 공기 속에 지구 어머니의 숨결이 있습니다.

롯됩니다. 시간과 공간이 끊어진 자리, 공空의 자리로 들어가십시오. 진공眞空의 자리, 그곳이 바로 생명이 시작된 곳이요, 생명이 끝나는 곳입니다.

그러한 자리를 상상하면서 숨을 깊이 들이마시고 내쉽니다. 오로지 자신의 숨에 집중합니다. 잡념이 떠오르면 다시 호흡으로 돌아갑니다. 또 잡념이 떠오르더라도 다시 호흡으로 돌아갑니다. 그러다보면 잡념은 조용히 물러갑니다. 숨결 속에서 마고의 에너지를 만날 수 있습니다.

마음속으로 '마' 하는 소리와 함께 천천히 깊게 숨을 들이마십니다. 다음에는 '고' 하며 천천히 숨을 내쉽니다.

마…… 지구의 에너지를 들이마시고……

고…… 지구의 에너지를 내쉬고……

아랫배 단전에서부터 생명의 에너지가 흘러넘치는 것이 느껴질 것입니다. 당신의 몸에서 일어나고 있는 그 생명 현상 속으로 깊숙이 들어가십시오. 모든 생각을 끊고 생명의 흐름에 몸을 맡기십시오. 그 리듬을 온몸으로 자각하는 순간, 우리에게 근원적인 '앎' 이 일어납니다. 머리가 아닌 몸으로, 가슴으로 지구의 의미가 다가옵니다. 왕성한 생명 현상 속에서 감각이 회복되고 심오한 통찰력이 생겨납니다.

지구 어머니는 우리 몸 속에 매 순간 숨과 함께 살아 있으며 마고의 꿈을 이루어달라고 메아리를 보내고 있습니다. 지구 어머니의 숨결이 그리울 때, 지구 어머니의 에너지를 받고 싶을 때, 지구를 향한 지구 어머니의 애통해 하는 마음을 느끼고 싶을 때 마고와 함께 숨을 쉬십시오. 숨 속에서 지구의 에너지와 하나 될 수 있습니다.

6

지구의 마음을 느껴 보자

지구 어머니의 마음을 느낄 때 우리의 영혼은
과녁을 향해 거침없이 나아가는 화살처럼
지구 어머니에게로 나아가게 됩니다.

지구 어머니와 교류할 수 있는 세 번째 방법은 지구 어머니의 마음, 그 사랑을 느끼는 것입니다. 그 사랑은 먼 데 있지 않습니다. 너무나 가까운 곳에 있습니다. 우리를 낳아준 어머니의 사랑 속에서 우리는 지구 어머니의 사랑을 발견할 수 있습니다.

죽어가는 자식을 살릴 수만 있다면, 세상의 모든 어머니는 기꺼이 자신의 신장 한 쪽을 떼어줄 것입니다. 아니 하나밖에 없는 심장도 떼어주려 할 것입니다. 모성이 갖는 무서운 힘입니다. 물론 어머니도 인간으로서 가지는 나약함과 두려움이 있습니다. 그러나 자녀를 향한 본능적인 사랑으로 어머니는 강하고 담대해집니다. 비록 마고 어머니의 사랑처럼 만물을 포용하는 사랑은 아닐지라도 자식을 향한 본능적이고 무조건적인 사랑만은 마고 어머니를 닮았습니다.

생명을 잉태하고 키우는 모성母性은 배운 것이 아닙니다. 신앙을 통해 생긴 것도 아닙니다. 그것은 물려받은 것입니다. 어머니의 어머니, 그 어머니의 어머니를 거쳐 계속 올라가면 우리는 지구 어머니 마고를 만나게 됩니다. 마고는 오래된 어머니, 근원의 어머니인 것입니다.

지구 어머니의 사랑이 우리의 어머니를 통해서 우리를 낳았고 우리를 길렀습니다. 어머니의 사랑 속에 지구 어머니의 사랑이 있습니다. 사랑의 근원과 뿌리인 지구 어머니를 만날 때 우리의 신성은 눈을 뜨게 될 것입니다.

종교도 국가도 민족도 모든 학문도 완전하지 않습니다. 완전한 것은 오로지 우주의 대생명력뿐이며, 그 생명력의 뿌리는 지구 어머니 마고와 연결되어 있습니다.

지구 어머니의 마음을 가장 쉽고 깊게 느낄 수 있는 방법은 그 이름을 불러 보는 것입니다. 간절하게 지구 어머니의 이름을 부르면 누구나 그 에너지와 사랑을 느낄 수 있습니다.

기도하듯 조용히 '마고'를 되뇌며 깊이 몰입하다 보면 어느새 '마고'는 '어머니'라는 말로 바뀌게 됩니다. 우리는 자기도 모르게 '어머니…… 어머니……' 하고 부르며, 아이가 잃어버린 어머니를 찾듯이 간절한 마음으로 지구 어머니를 찾게 됩니다.

어머니 없이 이 세상에 온 사람은 아무도 없습니다. 어머니가 우리를 낳고 길렀듯이, 지구 어머니는 인류를 낳고 길렀습니다. 지구 어머니에게는 모든 인류가 자신의 자녀입니다.

어머니, 어머니, 지구 어머니……

간절히 지구 어머니를 부르면 지구 어머니는 우리의 마음을 느낍니다. 그 간절함이 우리의 마음을 열고 영혼을 정화하여 지구 어머니의 안타까운 마음을 전해줍니다. 지구 어머니에게 모든 인류는 자신의 자녀입니다. 지구 어머니는 우리가 우리 자신을 사랑하는 것보다 더 우리를 사랑합니다. 마치 우리를 낳은 어머니가 우리를 사랑하듯이.

우리는 어머니의 사랑을 통해서 지구 어머니의 사랑을 느낄 수 있습니다. 지구 어머니의 마음과 사랑을 느낄 때, 우리 가슴은 더불어 사랑으로 충만해지고 당당해지고 거룩해집니다. 큰 고요와 평화 속에서 눈물로 정화되며 비로소 편안해집니다.

지구와 하나 되기

육체와 육체는 하나가 될 수 없습니다. 그러나 영혼과 영혼은 완전하게 하나 될 수 있습니다. 기를 알면 영혼을 쉽게 이해할 수 있습니다. 영혼은 기를 통해서 활동하기 때문입니다.

두 손을 들어올려 두 손바닥이 가슴 앞에서 마주 보게 하십시오. 두 손 사이에서 에너지가 느껴질 것입니다. 눈을 살며시 감고 그 에너지를 느껴 보십시오. 오른손은 우리의 영혼이고 왼손은 지구의 영혼이라고 생각하십시오. 두 영혼이 깊이 교류하면서 두 손 사이의 에너지가 강해지는 것을 느껴 봅니다.

오른손과 왼손, 우리의 영혼과 지구의 영혼이 서로 가까이 다가갑니다. 천천히 두 손이 서로를 향해 다가갑니다. 지구의 영혼과 하나 되고자 하는 우리의 간절한 마음이, 우리를 부르는 지구 어머니의 간절한 마음이 서로를 향해 다가갑니다.

지구 어머니의 마음이 느껴지면 우리의 영혼은 과녁을 향해 거침없이 나아가는 화살처럼 지구 어머니에게로 나아가게 됩니다. 아주 천천히 두 손바닥을 가까이 모아 봅니다. 두 손이 하나로 만났습니다. 우리의 영혼과 지구의 영혼이 하나로 만났습니다. 마음 깊은 곳에서 간절한 기도가 솟아오릅니다.

지구의 어머니여
나를 기억하소서
내가 당신을 찾고 있습니다
나의 영혼을 완전하게 하소서

지구의 어머니여
나를 기억하소서
나의 영혼을 맡기웁니다
내가 당신과 하나 되게 하소서

나의 꿈은 지구의 꿈

나의 꿈은 마고의 꿈

마고의 꿈을 이루기 위해

내가 이 지구에 온 것을 압니다

지구의 어머니여

나를 기억하소서

나의 삶을 통하여 마고의 꿈을 이루겠습니다

지구의 영원한 평화를 위하여

아주 온화한 느낌의 에너지가 당신을 편안하게 감싸고 있습니다. 지금 당신은 에너지 속에 있습니다. 그 에너지가 당신의 몸을 감싸 안아 조용히 움직이게 합니다. 몸이 흔들리면 기운이 가는 대로 맡겨 보십시오. 편안함 속에서 몸이 좌우로 움직입니다.

양손도 아주 자연스럽게 움직입니다. 자유롭게 흐름을 그냥 따라갑니다. 우아한 춤과 같은 동작이 기운을 타고 흘러나옵니다. 그 춤을 통해서 사랑을 표현해 보십시오. 그 춤은 세 사람이 함께 추는 삼인무三人舞와 같습니다. 지구 어머니와 당신과 그 둘을 바라보는 당신의 의식. 왼손은 지구 어머니의 영혼이고 오른손은 당신의 영혼입니다. 지금 이 모든 것을 의식하고 있는 또 다른 당신이 머릿속에 있

사랑과 평화는 눈빛으로, 몸짓으로 전달되는 것이지
말로 전달되는 것이 아닙니다. 사랑하는 사람끼리는 말이나 글이 없이도
서로를 느낍니다. 사랑을 하면 저절로 느껴집니다.
우리가 지구를 사랑하면 지구의 모든 것을 느낄 수 있습니다.

습니다.

지구 어머니의 마음이 되어, 그 큰사랑을 표현해 보십시오. 그 사랑이 골수에 사무쳐오면 누구나 눈물을 흘리지 않을 수 없습니다. 기쁨과 환희의 눈물일 수도 있고, 큰 서러움이 해소되는 눈물일 수도 있습니다. 그것은 또한 마고 어머니의 눈물입니다.

우리 가슴에 슬픔이 있습니다. 그 슬픔은 우리의 것이면서 동시에 지구 어머니의 것입니다. 그 슬픔도 아름답고 귀합니다.

우리는 눈물을 통해서 지구 어머니를 만날 수 있습니다. 서러움과 눈물을 통해서 차갑던 가슴이 따뜻하게 더워지고, 세상에 대한 자비가 흘러넘칩니다. 나의 서러움이, 세상의 서러움이 골수에 맺힙니다. '세상도 병들었고 나도 병들었다. 나도 불쌍하고 세상도 불쌍하다.' 세상을 불쌍하게 보는 그 마음이, 그 깊은 측은지심惻隱之心이 바로 지구 어머니의 마음입니다. '천지여, 사람이여, 참으로 불쌍하구나. 사람들은 자기 생각에만 빠져서 서로를 불쌍히 여기는 마음을 잃어버렸구나.' 이것이야말로 지구 어머니의 탄식입니다.

마고의 영혼과 하나 된 영혼은 그 순간 완전한 사랑과 평화를 느낍니다. 또한 모든 인류의 영혼과 연결됩니다. 지구는 모든 인류를 똑같이 사랑하고 축복하기 때문입니다.

지구에게는 언어가 없습니다. 그동안 우리는 대부분의 정보를 언어를 통해서 받아들였습니다. 그러나 언어는 완전하지 않습니다. 그러므로 그 언어를 통해 얻은 정보 또한 완전하지 않습니다.

지구의 영혼은 글이나 말로 전달되는 것이 아닙니다. 지구는 그 자체가 완전한 언어이며, 어떠한 수식어도, 더 이상의 포장도 필요하지 않습니다. 우리가 발 딛고 살아가는 지구는 존재 자체만으로도 모든 인류를 하나로 엮기에 충분합니다. 어느 누구도 이러한 사실을 왜곡할 수 없습니다.

사랑과 평화는 눈빛으로, 몸짓으로 전달되는 것이지 말로 전달되는 것이 아닙니다. 사랑하는 사람끼리는 말이나 글이 없이도 서로를 느낍니다. 사랑을 하면 저절로 느껴집니다. 우리가 지구를 사랑하면 지구의 모든 것을 느낄 수 있습니다. 지구는 우리에게 육체적인 생명을 유지할 수 있는 물과 공기, 그 밖의 모든 것을 다 주었습니다. 자신의 영혼까지도 우리를 향해서 활짝 열어놓은 채 우리를 기다리고 있습니다.

우리는 지구 어머니의 분신입니다. 우리는 지구 어머니의 품에서 왔고 지구 어머니의 품으로 돌아갑니다. 우리를 둘러싼 꽃과 나무와 새, 바람과 파도는 지구 어머니의 사랑을 가르쳐 주기 위한 지구 어머니의 몸짓이요, 지구 어머니의 미소입니다. 이 모든 것이 하나의 에너지와 하나의 영혼으로 어우러져 물결치고 있습니다. 그것이 천지기운이요 천지마음입니다. 우리는 따로 떨어진 존재가 아니라 천지기운 천지마음으로 연결된 하나입니다.

우리 마음속에서 지구 어머니의 사랑을 느끼고, 그 마음으로 인류와 지구를 포용할 수 있다면 그것이 바로 참 진리입니다. 그것 이상의 깨달음은 없습니다. 지구 어머니의 사랑을 머리로만 아는 것이 아니라 가슴으로 받아들일 때 그 사랑을 전할 수 있는 힘이 생깁니다.

인류 평화를 이룰 수 있는 힘은 지구 어머니와 같은 사랑의 마음입니다. 지구 어머니의 큰사랑으로 인간을 치유할 수 있고 이 지구를 치유할 수 있습니다. 모든 사람이 지구 어머니를 만나고 지구 어머니의 사랑을 느낄 수만 있다면 이 지구는 분명히 아름답고 평화로운 별로 바뀔 수 있습니다.

나는 매일 새벽 4시면 눈을 뜹니다. 마치 몸 속에 자명종이라도 들어 있는 것처럼 새벽 4시만 되면 저절로 눈이 떠집니다. 하늘과 땅이 깨어나는 시간이기 때문에 내 몸과 마음이 그것을 알고 함께 눈뜨는 것입니다. 아침에 일어나면 가장 먼저 하는 일이 기도와 명상 속에서 지구의 마음을 느끼고, 지구의 메시지를 듣는 것입니다.

나는 큰 감동 속에서 지구의 영혼을 만났던 때를 기억합니다. 나는 간절히 원했고 그 만남을 이루었습니다. 그리고 지구와의 만남을 통해서 내 삶이 바뀌었습니다. 지구의 영혼을 만나기 전에 나의 영혼은 외로움과 불안, 두려움 속에 있었습니다. 나 자신도 존중하지 않았습니다. 존중하는 것이 무엇인지도 잘 몰랐습니다. 왜 꽃이 아름다운가, 생명이 아름다운가 물었습니다. 그러나 지구의 영혼을 만남으로써

나 자신을 찾았고 나의 근원을 알게 되었습니다. 그때 내 영혼은 '피는 꽃마다 아름답구나!' 하고 외쳤습니다.

당신의 영혼과 나의 영혼, 인류의 영혼과 지구의 영혼은 하나로 연결되어 있습니나. 그 연결됨을 자각하는 순간에 우리의 영혼은 완전해지며 의식이 놀랄 만큼 확장됩니다. 누구나 지구 어머니를 느끼고, 지구 어머니와 대화할 수 있습니다. 그것은 아주 자연스러운 일입니다. 우리가 원하면 언제든지 지구 어머니를 만나 메시지를 받을 수 있는 방법이 있습니다. 내가 '지구와 함께 숨쉬기' 라고 이름 붙인 방법으로 명상을 해 보십시오.

작은 지구를 떠올려 봅니다. 그 지구가 우리 눈앞에 있다고 상상해 보십시오. 두 손으로 작은 지구를 감쌉니다. 우리 손 안에 지구가 들어 있습니다.

우리가 숨을 들이쉬면 지구도 숨을 들이쉬고 우리의 양손도 자연스럽게 벌어집니다. 우리가 숨을 내쉬면 지구도 따라서 숨을 내쉬고 양손이 다시 모입니다. 우리의 숨과 함께 지구가 숨쉬는 것을 느껴 봅니다. 지구와 우리가 하나로 연결되는 것을 느낄 때까지 반복합니다. 우리의 몸과 지구의 몸이 하나가 됩니다. 우리의 에너지와 지구의 에너지가 하나가 됩니다. 우리의 마음과 지구의 마음이 하나가 됩니다. 지구와 함께 숨쉬며 간절히 마음을 모으면 지구의 영혼이 우리에게 메시지를 보내옵니다.

우리 마음속에서 지구 어머니의 사랑을 느끼고,
그 마음으로 인류와 지구를 포용할 수 있다면
그것이 바로 참 진리입니다.
그것 이상의 깨달음은 없습니다.
지구 어머니의 사랑을 머리로만 아는 것이 아니라
가슴으로 받아들일 때 그 사랑을 전할 수 있는 힘이 생깁니다.

지구 어머니에게 바치는 노래

지구 어머니, 마고여

나는 내가 지구인이라는 것을

오늘에서야 비로소 알게 되었습니다

나는 지구 위에서 살아가는 수많은 생명체 중의 하나임을 이제 압니다

내가 사는 곳은 태양도 달도 아닌 바로 지구였습니다

나는 지구에 속한 사람, 지구의 분신, 지구인이었습니다

지구가 그동안 나를 키워주고 먹여주고 재워주었습니다

나는 이 세상에 작은 몸으로 태어났으나

이제 어른의 몸이 되었고

내 몸을 구성하는 모든 요소는 지구 어머니로부터 왔음을 알았습니다

지구는 내 몸 속에 뼈와 살과 피로 들어와

나와 함께 숨을 쉬고 있습니다

내가 지구에서 나고 자랐듯이

나는 죽음과 함께 다시 지구 어머니의 품으로 돌아갈 것을 압니다

내 몸도 지구의 것이고 내 잠자리도 지구의 것이고

내 옷도 지구의 것이고 내 집도 지구의 것입니다

내가 가진 모든 것, 그 어떤 것도 영원히 내 것이 아닙니다

지구에서 잠시 빌려왔을 뿐입니다

그 모든 것은 내가 영원히 소유하는 것이 아니라

내가 이 지구 위에서 발을 딛고 사는 동안 잠시 쓰고 가는 것입니다

나의 가족과 내가 사랑하는 사람들도

지구의 사랑을 받는 지구의 자녀요, 지구인이라는 것을 나는 압니다

내가 미워하고 소홀히 대했던 모든 사람들,

나와 다른 종교, 다른 언어, 다른 문화 속에서 살고 있는 사람들도

다 같은 형제요 지구인이라는 것을 나는 압니다

우리는 하나의 지구 위에서

지구의 음식과 물과 공기를 나누어 먹고 마시는

지구 가족임을 나는 이제 압니다

나는 지구에 사는 모든 사람들을,

모든 자연과 생명체를 아끼고 존중하고 사랑하겠습니다

그것이 지구의 영원한 평화를 위해

내가 할 수 있는 최선의 일임을 나는 압니다

7

영혼은 모든 정보의 주인이다

지구와 나의 관계를 진정으로 이해하기 위해서는
먼저 자기 자신의 영혼을 자각해야 합니다.

지구와 나의 관계를 진정으로 이해하기 위해서는 먼저 자기 자신의 영혼을 자각해야 합니다. 그리고 정보에 대한 관점의 전환이 이루어져야 합니다. 그동안 여러 강연을 통해 강조해온 영혼과 정보에 대한 통찰을 여기에 소개합니다.

세계를 경악케 한 9.11 테러가 뉴욕에서 일어났을 때 나는 미국에서 순회강연 중이었습니다. 당시 사태를 접하면서 나는 정보와 영혼에 대해 많은 생각을 하게 되었습니다.

많은 사람들이 테러범들을 악마라고 부르며 증오했습니다. 무고한 생명을 앗아간 그들의 행위는 어떠한 명분으로도 용서할 수 없지만, 나는 한편으로 그들이 잘못된 정보에 지배당한 불쌍한 영혼들이라고 생각합니다.

이 세상에 천사와 악마가 따로 정해져 있다면 좋겠습니다. 그러면 인류 평화는 쉽게 이루어질 것입니다. 천사가 악마를 이기면 될 테니 말입니다. 그러나 우리가 세계를 선과 악, 흑과 백의 이원론으로 이해

한다고 해서 진정 이 세계의 본질이 그러한 것은 아닙니다.

평소에 여러 사람을 곤혹스럽게 한 악당이 있다고 합시다. 그런데 그 사람이 편안하고 선량한 얼굴로 곤하게 잠을 자고 있습니다. 그 사람을 악당이라고 해야겠습니까, 선한 사람이라고 해야겠습니까?

그는 악당도, 선한 사람도 아닙니다. 그냥 잠자는 사람일 뿐입니다. 잠자는 동안에는 뇌 속의 정보가 활동하지 않기 때문에 그 사람은 주위에 아무런 영향을 미칠 수 없습니다. 천사를 만드는 것도, 악마를 만드는 것도 '정보' 입니다. 정보와 그 정보를 선택하는 사람의 의지에 따라 때로는 선의 편에, 때로는 악의 편에 서게 되는 것입니다.

테러범들에게도 형제와 부모가 있을 것입니다. 사랑하는 사람도 있을 것입니다. 가족과 연인에게는 그도 소중하고 사랑스러운 사람일 것입니다. 테러범들과 같은 정보를 가진 사람들 사이에서 그들은 아마 영웅이 되었을 것입니다. 그들의 뇌 속에 목숨보다 더 중요하다고 생각한 정보가 들어왔기 때문에 그들은 자신의 목숨까지 던졌을 것입니다. 그들은 아마 죄의식도 느끼지 않았고 스스로를 순교자라고 생각했을 것입니다.

범죄자에게 가할 수 있는 법정 최고형은 사형입니다. 그러나 어느 누구도 테러범들에게 벌을 줄 수가 없습니다. 그들은 스스로 죽음을 택했기 때문입니다. 잘못된 정보에 오염된 영혼은 자신이 한 일을 신의 뜻이라고 말함으로써 결국 신까지 타락시킵니다. 그러나 신은 재

판정에 나타나지 않습니다.

테러의 주체는 집단 이기주의에서 나온 정보입니다. 특정 집단의 목적을 위해서 끔찍한 폭력을 행사하도록 사람들의 뇌에 주입된 정보, 즉 각각의 국가, 민족, 종교의 이익을 위해서 사람들이 폭력을 행사하도록 정당화하고 부추기는 일부 기득권층의 욕망이 만들어낸 파괴적인 정보가 테러의 주체입니다. 빈 라덴이나 다른 근본주의자들이 죽어도 그 정보는 사라지지 않습니다. 그 정보 자체가 건강한 정보로 대체되지 않으면 다른 사람의 영혼으로 이동해 또 다른 파괴를 만들어내고 말 것입니다.

사람의 가치는 뇌 속에 있는 정보의 질과 양에 좌우됩니다. 그 정보가 평화적인가 파괴적인가, 창조적인가 비생산적인가에 따라 우리의 운명이 달라집니다.

그러나 잊지 말아야 할 것은 정보가 아무리 중요하다고 할지라도 우리 영혼보다 중요하지는 않다는 것입니다. 이것은 아주 중요한 이야기입니다. 다시 한번 강조하지만 어떠한 정보도 우리의 영혼보다 중요하지는 않습니다. 우리의 영혼보다 더 소중한 가치가 있다고 주장하는 정보는 문제가 있습니다. 그런 정보는 진실성을 의심해 보아야 합니다.

정보는 우리의 영혼과 생명 현상이 남긴 그림자일 뿐입니다. 우리가 믿는 종교나 신도 우리를 구성하는 정보의 일부일 뿐입니다. 그 정보가 우리의 영혼을 태어나게 하지는 않았습니다. 우리 머릿속에 있는 모든 정보는 다 흘러가고 변합니다. 그 정보를 생산하고 유통시키고 변화시키는 주체는 바로 우리 자신입니다.

잘못된 정보가 우리에게 판단과 선택의 기회도 주지 않은 채 절대적인 권위를 가지고 우리 영혼으로 들어와 버리면 영혼은 타락합니다. 아무리 권위 있는 정보라 할지라도 우리 영혼보다 소중하지는 않습니다. 영혼의 실체를 아는 사람만이 당당하게 그렇다고 선언할 수 있습니다.

우리의 영혼은 인위적으로 만든 것이 아닙니다. 그러나 정보는 인위적으로 만들어집니다. 다양한 개인과 집단의 이해관계가 반영된 정보들이 수없이 만들어지고 있습니다. 그것도 평화로운 에너지가 아닌 파괴적인 에너지를 갖는 정보가 우리 뇌 속에 무수하게 입력되고 있습니다.

우리의 영혼은 완전하며 어떠한 정보보다 더 소중합니다. 그렇기 때문에 특정한 정보가 내 영혼 위에 군림하며 나를 지배하고 있지는 않은지 수시로 점검하고 확인해 보아야 합니다. 특정 집단의 이익을 위한 정보가 절대적인 가치를 가장하며 우리의 영혼을 장악하고 있지는 않은지 살펴 보아야 합니다.

나는 테러로 목숨을 잃은 영혼들의 고통과 슬픔을 느낍니다. 어떤 명분으로도 테러는 용서될 수 없다는 것을 잘 알고 있습니다. 그러나 테러를 응징하기 위한 전쟁에는 찬성할 수 없습니다. 세상을 선과 악으로 나누고, 선이 악을 응징하고 복수함으로써 평화가 구현된다면 얼마나 좋겠습니까? 그러나 평화는 그렇게 오는 것이 아닙니다. 인류 역사상 복수로 해결된 문제는 단 하나도 없습니다. 복수는 복수를 낳습니다. 그렇다고 수수방관하고만 있을 수는 없기 때문에 우리는 원인을 치유하는 데 힘을 모아야 합니다. 건강한 정보를 통해서 불건강한 정보를 정화해야 합니다. 그것만이 근본적인 치유책입니다.

우리는 정보의 생산자이며 유통자이며 소비자입니다. 우리는 정보의 주인입니다. 건강하지 않은 정보를 정화하고 건강한 정보를 선택할 권리가 우리에게 있습니다. 잘못된 정보는 바른 정보만이 해결합니다. 정보가 정보를 바꿉니다.

사람의 가치는 뇌 속에 있는 정보의 질과 양에 좌우됩니다.
그 정보가 평화적인가 파괴적인가, 창조적인가 비생산적인가에 따라
우리의 운명이 달라집니다. 그러나 잊지 말아야 할 것은 정보가 아무리
중요하다고 할지라도 우리 영혼보다 중요하지는 않다는 것입니다.

우리 몸에서 정보가 입력되는 곳은 바로 뇌입니다. 우리는 뇌를 통해 정보를 받아들이며 그 정보를 바탕으로 세계를 이해하고 문화를 창조하며 살아가고 있습니다. 그러므로 뇌를 이해하는 것은 인간을 이해하는 것이며, 인간이 창조한 인류 문명을 이해하는 바탕이 됩니다.

누구나 뇌를 가지고 있습니다. 그러나 자기 뇌의 주인으로 살아가는 사람은 많지 않습니다. 자기 뇌의 주인으로 살아간다는 것, 이것은 아주 중요한 이야기입니다. 왜냐하면 자기 뇌의 주인으로 살아가지 못하면 다른 사람이 나의 뇌를 소유해버리기 때문입니다.

많은 시간 동안 우리는 자기 뇌의 주인이 아닌 채로 살아왔습니다. 처음에는 어머니와 아버지가 우리 뇌의 주인 역할을 했습니다. 부모의 가치관에 따라 보고 듣고 느낀 여러 정보들이 뇌 속에 입력되었습니다.

조금 더 자라 학교에 가면 나의 뇌는 선생님의 뇌가 되고, 교회에 가면 목사님의 뇌가 되고, 절에 가면 스님의 뇌가 됩니다. 가치 판단의 기준이 정확하게 서 있지 않을 때는 보고 듣는 모든 정보가 여과 없이 다 들어옵니다. 그 정보가 우리의 뇌를 조종합니다. 다시 말해서 우리의 인생을 조종합니다. 우리 뇌 속에 있는 정보는 스스로 입력한 것보다 외부의 영향으로 입력된 정보가 훨씬 많습니다.

뇌의 진정한 주인은 바로 우리의 영혼입니다. 그러나 많은 뇌가 진정한 주인을 잃고 다른 사람이 강요한 삶을 살아갑니다. 종교, 민족, 국가, 그 밖의 특정한 집단과 가치의 이름으로 수많은 사람들이 우리의 뇌를 사용합니다.

많은 사람의 뇌가 잘못된 정보에 지배당하고 있습니다. 아주 무서운 일입니다. 잘못된 정보에 지배당하는 뇌는 자기의 뇌라고 할 수 없습니다. 이제 더 이상 자기 뇌를 다른 사람에게 내주어서는 안 됩니다. 저당 잡힌 우리의 뇌를 빨리 되찾아야 합니다. 속박당하는 우리의 의식을 해방시켜야 합니다. 모든 사람이 자신의 뇌를 되찾아 뇌의 주인이 되고, 그 뇌를 잘 활용함으로써 영적인 성장을 이루어야 합니다. 그리고 크게는 인류의 영적인 진보를 이루는 일에 동참함으로써 인류 평화를 이루어야 합니다.

그러기 위해서는 먼저 영혼의 자각이 일어나야 합니다. 어떤 정보도 우리 뇌의 주인이 될 수 없으며, 뇌의 주인은 바로 우리의 영혼이라는 것을 깨달아야 합니다. 그래야 자신의 뇌를 제대로 쓸 수 있습니다.

두 번째로는 정보의 가치를 판단하는 훈련이 필요합니다. 나의 뇌에 들어온 이 정보가 유익한 정보인지 아닌지, 평화적인지 파괴적인지를 판단할 수 있어야 합니다. 그 기준이 바로 지구입니다. 지구를 좀더 나은 곳으로 만드는 데 도움이 되는 정보인지 그렇지 않은지가 정보의 가치를 판단하는 기준이 되어야 합니다.

현재 인류의 뇌 속에는 평화에 대한 정보보다 파괴에 대한 정보가 훨씬 많습니다. 나는 평화적인 정보를 많이 가진 뇌를 '골드 브레인 gold brain' 이라고 부르고 파괴적인 정보를 많이 가진 뇌를 '다크 브레 인dark brain' 이라고 부릅니다. 파괴적인 정보를 평화적인 정보로 대체해 다크 브레인을 골드 브레인으로 만드는 방법이 필요하다고 생각해 개발한 것이 뇌호흡입니다.

뇌호흡은 기를 활용해 자기 뇌의 주인이 되는 수련법입니다. 우리 뇌는 단단한 두개골 속에 있기 때문에 볼 수도 만질 수도 없습니다. 그러나 기氣는 어디든지 뚫고 들어갈 수 있습니다. 뇌가 보이지 않듯이 기도 우리 눈에 보이지 않습니다. 그러나 보이지 않는다고 없는 것은 아닙니다. 우리는 보이지 않는 기로 뇌와 교류할 수 있습니다. 기는 하나의 정보 전달 수단입니다. 그래서 나는 '기는 언어다' 라고 말하곤 합니다. 기는 뇌와 교류할 수 있는 만국공통어입니다.

뇌호흡에서 가장 중요하게 여기는 것이 뇌의 정보검색 기능과 정보처리 기능입니다. 정보검색 기능이란 어떤 것이 내게 필요하고 유용한지를 판단하는 것이며, 정보처리 기능이란 건강하지 않은 정보를 정화하여 건강하고 평화적인 정보로 대체하는 것입니다.

144

기를 활용해 뇌 속의 정보를 정화하는 뇌호흡 수련법 한 가지를 알려
드리겠습니다.

공을 감싸는 모양으로 두 손을 가슴 앞에 모아 보십시오. 두 손바닥
사이가 5센티미터 가량 되게 하고 눈을 감은 채 모든 의식을 손에 집
중합니다. 손끝이 저릿저릿하면서 손가락이 조금씩 움직입니다. 그
느낌이 손바닥 전체로 번집니다. 두 손을 조금씩 벌렸다가 다시 천천
히 모아 봅니다. 이 동작을 열 번 정도 반복합니다. 반복하면 할수록
느낌이 강해질 것입니다. 이것이 '기' 의 감각입니다.

이제 손의 기 감각을 그대로 유지한 채 오른손을 천천히 오른쪽 머
리 가까이로 가져갑니다. 오른쪽 머리와 오른손 손바닥 사이에 10센
티미터 정도의 간격을 두고 손으로 머리 주위를 골고루 마사지해 줍
니다. 기가 뼈를 뚫고 우뇌까지 들어가는 것이 느껴질 것입니다. 최
고의 창조는 우뇌에서 이루어집니다. 우뇌가 자유로울 때 좌뇌에 있
는 모든 정보를 자유롭게 선택하고 쓸 수 있습니다. 우뇌가 이완되는
것을 느껴 보십시오.

이제 왼손을 들어서 똑같은 방법으로 왼쪽 뇌를 마사지해 줍니다.
좌뇌가 이완되는 것을 느껴 보십시오.

누구나 뇌를 가지고 있습니다. 그러나 자기 뇌의 주인으로
살아가는 사람은 많지 않습니다. 자기 뇌의 주인으로 살아간다는 것,
이것은 아주 중요한 이야기입니다. 왜냐하면 자기 뇌의 주인으로
살아가지 못하면 다른 사람이 나의 뇌를 소유해버리기 때문입니다.
그동안 종교와 국가와 민족과 수많은 가치집단이 차지해왔던
자신의 뇌를 되찾아 자기 자신의 영혼에게 되돌려주십시오.
뇌를 바꾸십시오. 그러면 지구가 바뀝니다.

뇌가 편안하게 이완된 상태에서 정보검색에 들어갑니다. 자신이 정화하고 싶은 부정적인 정보, 잊어버리고 싶은 기억이나 집착하고 있는 상황 등을 찾아내는 것입니다. 검색이 끝났으면 정보처리를 합니다.

우선 '후' 하고 숨을 내쉽니다. 이때, 정화하고 싶은 정보가 기를 타고 입 밖으로 흘러 나간다고 상상하십시오. 정보는 기를 타고 움직입니다. 내쉬는 숨을 통해서 그동안 당신을 통제했던 정보가 밖으로 빠져나갑니다. 입뿐만 아니라 눈, 귀, 코를 통해서도 기 에너지를 타고 오염된 정보가 빠져나갑니다. 뇌가 스스로를 정화하는 것을 느껴 보십시오. 평화의 에너지를 만들어내는 당신의 뇌를 느껴 보십시오.

이제 두 손을 들어서 머리와 얼굴 전체를 기로 마사지해 줍니다. 뇌가 지구라고 생각하며 기로 머리 전체를 편안하게 감싸 봅니다. 그리고 뇌를 느끼면서 말해 보십시오.

"나는 뇌의 주인이다."

사랑하는 사람에게 말을 걸듯 당신의 뇌와 대화하십시오. 사랑도 뇌 없이는 할 수 없습니다. 평화도 뇌 없이는 이룰 수 없습니다. 우리는 그동안 뇌를 알지 못한 채 살아왔습니다. 지구도 잊어버리고 살았습니다. 너무나 우리 가까이에 있었기 때문입니다.

지금, 인류에게 가장 필요한 정보는 뇌와 지구에 대한 것입니다. 우리는 인류 평화의 구심점으로서 지구가 갖는 의미, 인간의 뇌와 지구 영혼과의 관계를 알아야 합니다. 또한 뇌에 대한 해부학적·두뇌생리학적 지식뿐만 아니라 뇌의 잠재능력을 활용하고 인간의 의식을 성장시킬 수 있는 정보가 필요합니다. 우리는 이러한 정보를 생산하는 데 많은 노력을 기울어야 합니다.

지구와 뇌는 우리 삶의 뿌리입니다. 두 가지가 없으면 우리는 생존할 수 없습니다.

뇌를 바꾸십시오. 그러면 지구가 바뀝니다.

그동안 종교와 국가와 민족과 수많은 가치집단이 차지해왔던 자신의 뇌를 되찾아 자기 자신의 영혼에게 되돌려주십시오. 그리고 그 영혼의 의지로 자신의 뇌에 영적인 성장을 위한 정보를, 지구의 평화를 위한 정보를 채워 넣으십시오. 우리가 그렇게 한다면, 그것은 놀라운 정신혁명이 될 것입니다. 60억 지구인 가운데 적어도 1억 명이 그렇게 한다면 그것은 지구 차원에서 일어나는 의식의 일대 변혁이 될 것입니다.

8

우리는 영혼의 완성을 위해
지구에 왔다

지구의 영혼과 하나 되기 위해서는
먼저 우리의 영혼이 자유로워져야 합니다.

인생에서 가장 큰 축복은 우리에게 영혼이 있다는 것입니다. 그리고 그 영혼을 완성시킬 수 있는 길이 있다는 것입니다. 우리가 이 지구에 온 목적은 '영혼의 완성'을 위해서입니다. 모든 성자들과 깨달은 이들이 그렇게 이야기했습니다. 나도 그렇게 생각합니다.

'완성된 영혼이란 무엇인가' 하고 묻는다면 나는 절대적인 평화를 느끼는 영혼이라고 대답하겠습니다. 그리고 절대적인 평화를 느끼기 위해서는 지구의 영혼과 하나 되어야 한다고 대답하겠습니다. 지구의 영혼과 연결되어 절대적인 합일의 느낌을 체험한 사람은, 나누고 대립하고 분열하고 경쟁하는 수많은 현상 속에서도 나누어지지 않는 '하나', 변하지 않는 '하나'를 봅니다. 그리고 저절로 모든 사람의 영혼과 하나가 됩니다. 그럴 때 절대적인 평화를 느낄 수 있습니다.

반면에 불완전한 영혼은 항상 외롭고 불안합니다. 외로움을 달래기 위해서 일에 매달리고 부와 명예를 좇아가지만, 그 어떤 것도 만족스럽지 않기 때문에 늘 영적인 공허감을 느낍니다.

흔히 우리는 종교를 통해 영적인 충만감과 평화를 느낍니다. 그러나 아무리 고요한 평화 속에 있다고 해도 종교를 넘어선 '하나의 지구' 라는 의미를 받아들이지 못한다면 그 평화는 작은 평화입니다.

우리는 지구를 통해 완전하고 절대적인 평화를 느낄 수 있습니다. 우리 모두가 하나라는 것을 느낄 수 있습니다. 그래서 나는 영혼의 완성은 지구의 의미를 뇌 속에서 완전히 깨닫는 것, 우리의 영혼이 지구의 영혼과 하나 되는 것이라고 말합니다. 그것을 이룬다면 우리는 이 지구에 온 목적을 이룬 것입니다.

지구의 영혼과 하나 되기 위해서는 먼저 우리의 영혼이 자유로워져야 합니다. 육체적이고 물질적인 가치에만 관심을 두고 살아갈 때 우리 영혼은 답답함과 외로움을 느낍니다. 옆에 사랑하는 사람이 있어도 외롭습니다. 아무리 많은 경전을 읽고 지식을 쌓고 좋은 이야기를 들어도 만족감은 그때뿐 갈망과 추구를 멈출 수 없습니다.

많은 사람들이 영혼의 자유를 얻기 위해 노력합니다. 깨달음이 자기 영혼에 자유를 줄 것이라고 믿으며 열심히 깨달음을 추구합니다. 그러나 정말로 영혼의 자유를 느끼는 사람은 아주 적습니다. 우리의 의식은 몸 속에 갇혀 있는 자기의 영혼을 바라보며 안타까워합니다.

많은 사람들이 간절히 기도하며 구원을 갈망하지만 자유로운 영혼이 될 수 있는 구체적인 길을 제시해 주는 정보를 만나기가 힘듭니다.

자유로운 영혼!

어떻게 하면 자유로운 영혼이 될 수 있는가? 기도해서 된다면 얼마나 쉽겠습니까? 인류는 지금까지 수천 년을 기도해 왔습니다. 영혼의 자유를 위해 기도해 왔고 평화를 위해 기도해 왔습니다. 우리는 이제 기도만으로는 안 된다는 것을 충분히 압니다.

자유로운 영혼이 되려면 먼저 영혼의 실체를 알아야 합니다. 비유하자면 영혼은 색깔도 없고 무게도 없는 그릇과 같습니다. 영혼의 무게는 제로(0)입니다. 영혼이라는 그릇에는 여러 가지 기억들, 감정들, 욕망들, 수많은 정보들이 담겨 있습니다. 좋은 기억도 있고 나쁜 기억도 있습니다. 아름다운 추억도 있고 잊어버리고 싶은 상처도 있습니다.

사람들은 흔히 사랑을 느끼는 것은 영혼이고 미움을 느끼는 것은 영혼이 아니라고 생각합니다. 그러나 사랑과 미움은 둘 다 감정일 뿐 영혼 자체는 아닙니다. 무엇인가를 매우 싫어한다는 것, 무엇인가를 엄청나게 좋아한다는 것, 그 두 가지 다 영혼이 구속되는 것입니다. 미움도 집착이고 사랑도 집착입니다. 자유로운 영혼은 집착하지 않습니다.

제로만이 순수합니다. 그리고 제로만이 자유롭습니다. 제로가 되

었을 때 우리는 새로운 선택을 할 수 있습니다. 제로 상태의 영혼에게
는 자유도 구원도 다만 정보일 뿐 아무 의미가 없습니다. 자유로운 영
혼은 그 자체가 깨달음이고 구원이고 천국입니다.

영혼은 공空이고 무無입니다. 공과 무는 무한한 가능성입니다. 우
리가 손에 무엇인가를 잡고 있는 한 다른 것을 잡을 수 없습니다. 손
이 비어 있을 때만 새로운 것을 창조할 수 있습니다.

항상 제로 상태의 영혼을 유지하도록 하십시오. 돈, 명예, 성공……
이 세상을 살아가기 위해 필요합니다. 그러나 필요한 만큼 취하고 쓰
되 매이거나 집착하지는 마십시오.

영혼의 저울은 항상 제로가 되어야 합니다. 저울이 휴식할 때는 눈
금이 제로 상태가 될 때입니다. 짐을 다 내려놓아야만 제로 상태가 되
어 쉴 수 있습니다. 저울에 100킬로그램짜리 짐을 며칠 내내 올려두
면 저울이 고장 나고 맙니다. 짐의 무게를 쟀으면 바로 내려놓아야지
계속 짐을 지고 있으면 당연히 무겁고 힘듭니다.

오직 자유로운 영혼만이 쉴 수 있습니다. 자유로운 영혼은 현상을
다만 현상으로 볼 뿐입니다. 저울은 생사를 포함하여 모든 상황과 현
상을 담담하게 달 뿐, 기분이 나쁠 이유도, 좋을 이유도 없습니다. 저
울은 그냥 무게를 달 뿐입니다. '이건 5킬로그램짜리네', 그것으로
끝나는 것입니다.

자유로운 영혼에게는 좋고 싫음이 없습니다. 철나지 않은 어린 영

혼은 좋다 나쁘다에 빠집니다. 그러나 자유로운 영혼은 언제나 제로를 봅니다. 모든 것이 기운 따라 왔다 기운 따라 가는 에너지 변화라는 것을 압니다. 그렇기 때문에 담담하게 세상을 관찰하고, 자기 자리를 지키며 세상을 치유하고 창조합니다. 영혼의 자유가 없이는 진정한 창조를 할 수 없고, 영혼의 자유가 없는 창조는 그 자체가 슬픔이고 고통일 뿐입니다.

욕구와 집착, 감정과 기억들이 제대로 처리되지 않으면 그만큼 우리 영혼은 무거워집니다. 그 모든 것을 움켜쥐고 인간은 자유를 부르짖습니다. 모든 집착과 부자유를 움켜쥐고 '이게 싫어, 이게 싫어' 합니다. '나는 자유롭고 싶다, 자유롭고 싶다' 고 합니다.

놓으면 자유롭습니다. 자유로울 때 새로운 선택을 할 수 있습니다. 놓으려면 용기가 필요합니다. 자유롭고자 한다면 놓으십시오. 그리고 제로의 상태에서 선택하고 창조하십시오.

정보와 감정, 집착에 빠지면 우리 영혼은 냉정할 수 없습니다. 냉정하지 못한 영혼은 시야가 어두워집니다. 자유로운 영혼만이 탁 트인 시야 속에서 진실을 볼 수 있습니다. 모든 것에서 자유로워져야 합니다. 그 힘을 우리 뇌가 갖고 있습니다. 우리는 우리 뇌의 주인이 되어야 합니다. 그때 우리의 뇌를 컨트롤할 수 있으며, 뇌 속에 있는 여러 정보들을 활용할 수 있습니다.

사람들은 흔히 사랑을 느끼는 것은 영혼이고
미움을 느끼는 것은 영혼이 아니라고 생각합니다. 그러나 사랑과 미움은
둘 다 감정일 뿐 영혼 자체는 아닙니다. 무엇인가를 매우 싫어한다는 것,
무엇인가를 엄청나게 좋아한다는 것, 그 두 가지 다
영혼이 구속되는 것입니다. 미움도 집착이고 사랑도 집착입니다.
자유로운 영혼은 집착하지 않습니다.

자유로운 영혼을 위한 명상

자유로운 영혼을 위한 명상법을 한 가지 소개하겠습니다.

오른손을 손바닥이 위로 가게 하여 어깨 높이까지 들어올려 보십시오. 당신의 손에 황금빛 나는 아름다운 영혼의 그릇이 놓여 있습니다. 그 영혼의 그릇에 여러 가지 무거운 것들이 올려져 있습니다. 싫은 것, 잊어버리고 싶은 기억도 있지만 지키고 싶은 것, 소중한 것도 있을 것입니다. 그러나 정말로 자유로워지고자 한다면 그것까지도 쏟아내야 합니다. 좋은 것이건 나쁜 것이건 모두 비워야 합니다.

많은 사람들이 "나쁜 것은 버리고 좋은 것만 갖겠다"고 합니다. 그러나 좋은 것을 잡고 있는 동안에는 항상 고민하게 됩니다. 내가 사랑하는 것이 상처받으면 어떻게 할까, 내게서 멀어지면 어떻게 할까. 사랑하는 그 순간부터 걱정이 생겨 우리 영혼은 자유로울 수 없습니다. 미워하는 것을 잡고 있으나 사랑하는 것을 잡고 있으나 매어 있기는 마찬가지입니다. 영혼의 그릇을 비우지 않으면, 우리의 의식이 물질적이고 육체적인 수준에 머물러 있으면 지구의 영혼을 만날 수 없습니다.

160

이제 하나, 둘, 셋 하면 오른손 위에 놓여 있는 것들을 쏟아낸다고 상상하며 손바닥을 천천히 아래로 돌려 봅니다.

하나, 둘, 셋.

천천히 손바닥을 뒤집어 봅니다. 여러 기지가 흘러갑니다. 집착하고 있던 모든 것들이 모래알처럼 바닥으로 떨어지고 있습니다. 완전히 쏟아내십시오.

스스로 무엇엔가 집착하고 있다고 생각될 때마다 이 명상을 하십시오. 우리의 영혼은 제로이며, 무無이며, 공空이라는 것을 계속하여 명상하십시오. 우리의 영혼은 완전합니다. 우리의 영혼은 어떠한 상황에서도 손상될 수 없는 완전함 자체입니다. 그 영혼을 느끼십시오. 자유로운 영혼은 스스로를 구원합니다. 어디에도 매이지 말고 홀로 완전한 영혼이 되십시오.

자유로운 영혼

태양은 광光이며 천둥은 음音이며 바람은 파波이다
생명의 실체는 광음파이다

인간은 본래 물 속에서 헤엄치는
보이지 않는 아주 작은 벌레였다
더 과거에는 하나의 단백질 덩어리였다
더 오랜 과거에는 하나의 빛이었다

빛이 우리 생명의 시작이다
그 빛이 움직이매 음이 있었고
그 음 속에 파장이 있었다
우리 생명의 근원은 광음파이다
거기에는 성性도 나이도 시간도 공간도 없다
바로 그곳이 우리가 온 자리이고
우리가 돌아가야 할 자리이다

빛은 하나의 생명전자이며
그 빛 속에 음전자와 양전자와 중성자가 있다
자유로운 영혼,
그 실체는 광음파이다
그 빛이 단백질 속에 갇혀버렸고
정충이라는 벌레 속에 갇혀버렸고
인간이라는 몸 속에 갇혀버렸다

몸에 갇히고 기억, 감정, 생각 속에 갇혀

인간은 영혼의 빛을 잃어버렸다

깨달음이란 무엇인가

그것은 영혼의 본래 빛을 찾는 것

생명의 빛, 영혼의 빛은

인간 세계에서는 하나의 신비

사람들은 자신의 본래 모습을 신비라 한다

자기 뿌리를 잃어버리고

어느 곳에서 왔는지 근원을 잃어버리고

고민하고 외로워하고 시기하고 질투한다

육체 속에 갇혀 자유를 잃어버린 영혼은

그 영혼은 외로워한다

외로운 영혼들이 서로 싸운다

신의 노예가 되어

집단의 노예가 되어

정보의 노예가 되어 자유를 잃어버리고 서로 싸운다

깨달음만이 그러한 구속에서 벗어나 참 자유를 얻게 한다

영혼이 자유로운 사람만이 영적인 완성을 이룰 수 있다

영적인 성장과 영적인 완성은 어떻게 다른가

선한 일을 하면 영적인 성장을 이룰 수 있다

그러나 선한 일을 한다고 해서 영적인 완성을 이룰 수는 없다

영적인 완성을 이루고자 하면 깨달아야 한다

영적인 완성은 지구의 영혼과 하나 되는 것,

그 비밀은 뇌 속에 있다

9

깨달은 영혼은 창조한다

인간 사랑 지구 사랑을 실천하는 것이
깨달음의 증거요, 목표요, 결과입니다.

나는 인간 사랑 지구 사랑을 실천하는 것이 깨달음의 증거요, 목표요, 결과라고 생각합니다. 인간 사랑, 지구 사랑! 세 살배기 어린아이도 고개를 끄덕일 만큼 당연하고 쉬운 이야기입니다. 그런데 인류는 이 당연한 진리를 제대로 실천하지 못하고 있습니다. 머리로만 알 뿐 가슴이 따라가지 않기 때문입니다.

그래서 나는 지구 어머니를 알고 느껴야 한다고 말하는 것입니다. 지구 어머니의 영혼과 교류할 때 우리의 영혼은 새롭게 눈을 뜹니다. 영혼이 눈뜰 때 아주 명쾌하게 알게 됩니다. 지구와 교류하는 것이 바로 깨달음이라는 것을 스스로 알게 됩니다.

지구 어머니의 애통해 하는 그 마음을 가슴으로 느끼십시오. 어머니가 자식을 사랑하는 마음으로 인류를 사랑하는 마음을 품는 사람이 바로 성인聖人입니다. 지구 어머니의 사랑을 깨닫고, 단지 깨달음으로만 끝나는 것이 아니라, 그 깨달음을 많은 사람들에게 전하는 이가 이 시대에 정말 필요한 사람입니다.

우리 모두에게 지구 어머니의 사랑이 있다는 것을 느끼는 데는 많은 노력과 시간이 필요하지 않습니다. 인간 사랑 지구 사랑을 식상하고 뻔한 당위가 아닌, 영혼의 절절한 바람이 되게 하기 위해서, 우리는 지구 어머니의 마음을 느껴야 합니다. 나와 지구가 하나라는 것을 알고, 지구를 통해서 모두가 하나라는 것을 알고, 그렇기 때문에 이 세상에 있는 동안 사랑과 평화를 위해 살아가겠다는 마음을 내야 합니다.

'하늘과 땅과 내가 하나구나!'

'나는 스스로 존재하는 영원한 생명이구나!'

지구 어머니의 영혼과 하나 된 사람은 위와 같은 깨달음을 얻게 되고, 우리 영혼이 이러한 사실을 자각할 때 비로소 마음의 안정과 평화를 얻습니다. 나는 시작도 끝도 없이 스스로 존재하는 영원한 생명이라는 것, 이 자각 안에 깨달음과 구원이 다 들어 있습니다.

우리의 가슴 밑바닥에서 타오르는 불빛이 있습니다. 언제 어디서부터 시작되었는지 모르지만 타오르는 불빛이 있습니다. 그 불빛은 아무리 오염시키려고 해도 오염시킬 수 없는 자리에서 타오르고 있습니다. 시간과 공간이 존재하기 이전부터 스스로 홀로 영원히 존재하는 생명입니다. '나'의 역사 또한 그 생명과 더불어 시작도 끝도 없습니다. 하늘과 땅과 사람이 그 하나의 생명, 즉 신성에서 갈라져 나왔습니다.

그러나 대부분의 사람은 신성을 모르기에 스스로 홀로 존재하지 못합니다. 인간의 육체는 스스로 홀로 존재할 수 없으나 깨달은 의식은 스스로 홀로 존재하는 자리를 알게 됩니다. 인간의 의식이 최고에 달할 때 존재의 영원성을 깨닫게 됩니다. 그것이 영적인 완성입니다. 이 세상의 모든 깨달음 중에서 제일 귀중한 것은 스스로 홀로 존재할 수 있는 신성을 자각하는 것입니다.

많은 사람들이 죽고 난 후에 천국이 있다고 생각합니다. 그러나 천국이 실재하는지는 어느 누구도 확인할 수 없습니다. 어느 누구도 직접 죽어 본 경험이 없으며, 죽은 사람은 말이 없기 때문입니다.

잠깐 동안 죽었다가 다시 살아났다는 사람도 더러 있습니다. 그러나 그 사람도 완전히 죽은 사람은 아닙니다. 그 사람이 정말로 죽었다면 다시 이 세상에 올 수 없었을 것입니다. 그 사람은 설죽은 셈입니다. 사후세계를 믿는 것은 각자의 가치관일 뿐 아직까지 과학적으로 증명할 방법은 없습니다.

중요한 것은 죽어서 천당 가는 것이 아니라 살아 있을 때 천당을 경험하는 것입니다. 죽은 후에 천당 가는 것으로 이 생에서의 삶을 보상받는 것이 아니라, 이 현실에서 스스로 자신의 깨달음을 확인하고 스스로를 구원하는 것입니다.

그동안은 깨달음도, 구원도 아주 이기적이었습니다. 개인의 깨달음과 구원을 명분으로 저질러진 죄가 너무나 많습니다. 한 번도 보지 못한 신에게 영광을 돌린다는 이유로 얼마나 많은 인간이 얼마나 많은 인간을 죽였고 인권을 유린했습니까?

지금도 일 년에 천만 명이나 되는 다섯 살 이하의 어린이가 병원에 한 번 가보지 못한 채 죽어가고 있습니다. 나는 이것을 인간이 영적으로 병들었기 때문에 수수방관하고 있는 큰 죄악이라고 생각합니다. 어린이들이 태어나자마자 고통 속에서 죽어가는 이 현실이 지옥이 아니고 무엇이겠습니까?

깨달음이 현실에서 고통받는 인간과 지구의 문제를 해결할 수 없다면, 그 깨달음이 무슨 의미가 있겠습니까? 구원이 현실의 문제를 해결할 수 없다면, 그 구원 또한 무슨 의미가 있겠습니까? 현실 사회를 구원하고 현실에서 사랑을 실천하지 못한 영혼이 사후의 복락을 논한들 무슨 의미가 있겠습니까?

영혼이 건강한 사람은 사후세계에 대해서 고민하지 않습니다. 대신 현실 속에서 영혼의 존재를 자각하고 그 영혼이 기뻐하는 삶을 창조합니다.

우리는 그동안 종교에 대해 잘못된 기준과 환상을 갖고 있었습니다. 종교가 인간을 깨닫게 해 주고 구원해 줄 것이라고 믿었습니다. 그런 환상 위에서 종교는 절대적인 권위를 갖게 되었고, 많은 사람의 영혼 위에 군림해 왔습니다. 이제 우리는 명확히 알아야 합니다. 종교생활에서 중요한 것은 어떤 종교를 믿느냐가 아니라 얼마나 성실하고 올바른 신앙생활을 하느냐입니다. 무조건 기독교만 믿어야 천국에 간다거나 불교만 믿어야 극락에 간다고 하는 것은 비합리적인 태도입니다.

그것은 무술 중에 태권도가 더 센가, 유도가 더 센가를 따지는 것이나 마찬가지입니다. 중요한 것은 태권도, 유도라는 무술 종목 자체가 아니라 그 무술을 하는 사람의 개인적인 기량입니다. 태권도가 유도보다 더 세기 때문에 태권도 선수는 무조건 유도 선수를 이긴다거나, 유도가 더 세기 때문에 유도만 하면 태권도 선수를 다 이길 수 있다고 하는 것은 어불성설입니다.

종교는 영성을 깨워 주는 여러 도구 중의 하나일 뿐 종교 자체가 절대적인 가치를 지니는 것은 아닙니다. 이 종교만 믿으면 천국이 보장된다는 맹목적인 신앙이 아니라 종교의 참 가르침을 깨닫고 실천하는 것이 더 중요합니다. 신앙생활을 하지 않아도 종교인보다 영적으로 깨어 있는 사람이 많습니다.

우리 앞에 조그마한 종과 종을 치는 채가 있다고 합시다.
앞에 놓인 물건이 종이라는 것을 아는 것은 깨달음입니다.
그러나 그 깨달음 자체는 아무것도 변화시키지 않습니다.
십 년이 흘러도 백 년이 흘러도 채를 들어 종을 치지 않으면,
그것은 종이 아니라 그냥 쇳덩어리일 뿐입니다.
중요한 것은 손으로 채를 들고 종을 치는 것입니다.
종을 칠 때 종소리가 납니다. 그때 새로운 창조가 일어납니다.

어떤 대상을 절대적으로 믿고 의지하고 매달린다고 해서 영혼이 구원되지는 않습니다. 구원은 깨달음을 통해서 오는 것입니다. 진정한 구원은 이 세상에서, 살았을 때 이루어지는 것이지 죽고 나서 이루어지는 것이 아닙니다.

깨달은 사람은 사후세계의 구원을 구하지 않습니다. 왜냐하면 깨달은 사람에게는 생사가 하나이기 때문입니다. 사후세계의 구원을 구하는 것 자체가 어리석음의 상징입니다. 어리석은 사람은 사후의 세계를 두려워합니다. 생과 사가 따로 있다고 알기 때문입니다.

깨달음의 참된 의미는 생사의 굴레에서 벗어나는 것입니다. 그러므로 깨달은 사람은 죽고 나서의 구원을 갈구하지 않습니다. 깨달은 자는 바로 찰나 속에서 영원히 존재한다는 것을 압니다. 우리가 살고 있는 찰나 외에는 어떠한 삶도 환상입니다. 우리는 오로지 지금 이 순간만을 살아갈 수 있습니다. 나머지는 모두 과거이고 미래입니다. 과거와 미래는 하나의 허상입니다.

환상과 허상 속에서 무슨 구원을 구하겠습니까? 이것이 깨달은 사람의 확실한 기준입니다. 그래서 현실이 중요합니다. 우리가 현실을 포기하고 어떻게 미래를 구하겠습니까? 항상 주어진 현실에 최선을 다하는 사람, 그 사람이 깨달은 사람입니다.

어떤 과일이 맛있고 영양가가 좋다고 선전하려면 적어도 그 과일을 살 수 있고, 먹을 수 있도록 만들어야 합니다. 그런데 영원히 살 수도 없고, 먹을 수도 없게 만들어놓고, 몇천 년 동안 맛있다는 선전만 계속해 온 것, 나는 이것이 지금까지 깨달음과 구원이 인간의 영혼을 사로잡아 온 방식이었다고 생각합니다. 수천 년 동안 계속된 그 고정 관념을 이제 깨야 합니다.

많은 사람들이 성인에 대한 고정관념을 갖고 있습니다. 그 고정관념 이 깨달음에 대한 환상을 만들어냅니다. 예를 들어 부처님은 자비롭 기 때문에 어떠한 상황에서도 화를 내지 않았을 것이라고 생각합니 다. 부처님이 목욕을 하려고 하는데 제자가 실수로 목욕물을 너무 뜨 겁게 준비했다고 합시다. 부처님이 목욕물에 들어가셨다가 어떻게 반응하셨을까요? 물이 펄펄 끓는데도 마냥 자비로운 얼굴로 좋다고 하셨을까요, 아니면 "앗, 뜨거워!" 하며 펄쩍 뛰어나와 제자를 나무 라셨을까요? 부처님도 정상적인 감각을 가진 인간이었기 때문에 펄 쩍 뛰어나와 제자를 호통치셨을 겁니다.

우리는 부처님에 대해서 이런 생각을 하는 것마저도 불경스럽다고 여깁니다. 그러나 부처님도 등창이 나서 고생을 한, 한 사람의 인간이 었습니다. 부처님은 모든 인간은 부처가 될 수 있다고 했고, 불교의 참 목적도 그것에 있건만, 많은 사람들이 환상 속의 부처님을 가르치고 배워 왔습니다. 그러다 보니 자신은 부처가 되기는 영원히 틀렸다고 생각합니다.

마찬가지로 많은 사람들이 예수님은 보통 인간이 절대 범접할 수 없는 신적인 존재라고 여기고 있습니다. 그렇게 생각하는 사람은 영원히 예수님을 닮을 수 없습니다. 예수님은 스스로 십자가에 못 박혀 돌아가심으로써 인간이라는 것을 보여 주지 않았습니까? 예수님을 신앙信仰하는 것이 아니라 예수님처럼 사랑을 실천하며 사는 것이 중요합니다.

그 분들은 인간의 몸으로 오셨지만 인간의 참 존재 가치를 깨닫고 인간의 영혼 속에서 신성을 찾음으로써 진정한 인간의 모델이 되었습니다. 사람은 어떻게 살아야 하는지를 몸소 보여주었기 때문에 우리는 그 분들을 더욱 존경하는 것입니다.

그런데도 우리는 그 분들처럼 살려는 생각은 안 하고 그 분들의 깨달음을 숭배하기만 해 왔습니다. 그들은 보통사람과는 다른 사람이며 우리가 기도를 바치고 숭배해야 할 대상으로만 인식해 왔습니다.

언제까지 천당, 깨달음, 구원을 부르짖어야 합니까? 현실을 변화시킬 수 없는 깨달음은 진정한 깨달음이 아닙니다. 현실에 아무런 영향을 주지 못하는 깨달음과 구원이 무슨 소용이 있겠습니까? 깨달았는데 용기가 없다고 하면 그것 또한 무슨 깨달음입니까? 정말로 깨달았다면 깨달음을 실천할 용기를 내야 합니다. 깨달음보다 깨달음을 실천하는 것이 더 중요합니다.

기적이나 이적이 깨달음의 증거가 될 수는 없습니다. 나는 오직 그 사람이 어떤 생활을 하는지가 깨달음의 척도라고 생각합니다. 정말로 행복을 창조하며 사는가, 모든 것이 축복이라고 생각하며 살고 있는가, 정말로 홍익하며 사는가, 정말로 지구를 사랑하고 사는가, 이것이 깨달음의 증거입니다.

깨달음은 좋은 삶을 위해서 좋은 선택을 할 수 있는 힘입니다. 깨달은 사람은 좋은 선택을 할 것이고, 깨닫지 못한 사람은 그렇지 못할 것입니다. 무엇이 좋은 선택인지는 누구나 다 알고 있습니다. 홍익하는 선택, 인간 사랑 지구 사랑으로 귀결되는 선택이 좋은 선택입니다.

‘나는 깨달았다. 앞으로 계속 깨달음을 실천하는 일만 남았다.’

이렇게 확신할 수 있는 사람이라면 이미 스스로를 구원한 것입니다.

어떤 과일이 맛있고 영양가가 좋다고 선전하려면
적어도 그 과일을 살 수 있고, 먹을 수 있도록 만들어야 합니다.
그런데 영원히 살 수도 없고, 먹을 수도 없게 만들어놓고,
몇 천 년 동안 맛있다는 선전만 계속해 온 것, 나는 이것이 지금까지
깨달음과 구원이 인간의 영혼을 사로잡아 온 방식이었다고 생각합니다.
수천 년 동안 계속된 그 고정관념을 이제 깨야 합니다.

세상에는 세 부류의 사람이 있습니다. 첫째, 깨닫지 못했으면서 깨달은 척하는 사람이 있습니다. 둘째, 깨달았는데도 깨달았는지 모르는 사람이 있습니다. 셋째, 깨달았는지 깨닫지 못했는지에 관심을 두지 않고 아주 선하게 사는 사람이 있습니다. 나는 셋째의 경우를 최고로 봅니다.

제일 어리석은 사람이 깨달음을 가지고 논쟁하는 사람입니다. 그것은 아무 의미가 없는 시간 낭비일 뿐입니다. 중요한 것은 자기 자신 안에 참 사랑이, 생명이 있느냐입니다. 그것을 어떻게 표현하고 실천할 것인지가 중요합니다.

우리 앞에 조그마한 종과 종을 치는 채가 있다고 합시다. 앞에 놓인 물건이 종이라는 것을 아는 것은 깨달음입니다. 그러나 그 깨달음 자체는 아무것도 변화시키지 않습니다. 십 년이 흘러도 백 년이 흘러도 채를 들어 종을 치지 않으면, 그것은 종이 아니라 그냥 쇳덩어리일 뿐입니다. 중요한 것은 손으로 채를 들고 종을 치는 것입니다. 종을 칠 때 종소리가 납니다. 그때 새로운 창조가 일어납니다.

깨달음은 이처럼 누구에게나 다 주어져 있습니다. 그러나 깨달음 자체가 바로 선택으로 이어지는 것은 아닙니다. 사람들은 깨달으면 좋은 선택이 저절로 굴러들어오는 줄 압니다. 그러나 그렇지 않습니다. 깨달음을 얻어도 우리 몸의 습관은 그대로 남아 있습니다. 그래서 깨달음은 시작이라고 합니다. 끊임없이 자신의 안 좋은 습관을 좋은 습관으로 만드는 것이 깨달은 사람이 할 일입니다. 그때 좋은 성품이 만들어집니다. 깨달음은 좋은 성품을 만들어, 그 힘으로 좋은 선택을 하기 위해서 필요합니다.

우리의 삶은 수많은 깨달음과 선택으로 이루어져 있습니다. 중요한 것은 깨달음을 바탕으로 순간순간 어떤 선택을 하느냐입니다. 깨달음은 좋은 선택을 하기 위한 바탕일 뿐입니다. 바라보고만 있으면 종은 절대 울리지 않습니다. 종소리가 듣고 싶으면 채를 들어 종을 땡, 땡, 땡 치십시오.

우리는 깨닫기 위해서 노력하는 것이 아니라 선택을 잘 하기 위해서 노력해야 합니다. 좋은 습관을 기르기 위해서 노력해야 합니다. 깨달음의 실체를 알고 깨달음을 '쓰는' 사람, '사용하는 사람' 이 되어야 합니다.

'나는 깨닫지 못해서 선택을 못 한다' 고 말하는 사람이 있습니다. 그러나 그것은 착각이고 핑계입니다. 스스로에게 비겁한 핑계를 대는 것입니다. 깨닫지 못했기 때문이 아니라, 자신에 대한 믿음이 부족하기 때문에 단지 선택을 유보하고 망설이는 것뿐입니다.

우리 사회와 지구가 병든 것은 많은 사람들이 깨닫지 못해서가 아닙니다. 무엇이 옳은지 알면서도 그 앎을 버리고 잘못된 선택을 했기 때문입니다. 그동안 우리는 허망한 기도를 많이 했습니다. 선택은 제대로 하지 않으면서 기도만 했습니다. 전쟁을 선택해 놓고 아무리 ‘인류 평화’ 를 기도한들 그 기도가 이루어질 리 없습니다.

깨달음을 가장 쉽게 표현하면, ‘열림’ 입니다. 마음의 문을 열고 다른 사람들과 통하면 그것이 깨달음입니다. 여기 문이 있습니다. 이 문을 연 사람은 깨달은 사람이고, 닫은 사람은 깨닫지 못한 사람입니다. 너무나 간단한 원리입니다.

사람들은 깨달음이라는 문을 닫은 채 “나에게는 깨달음이 없다. 나는 깨닫지 못했다” 고 얘기합니다. 지금이라도 자리에서 벌떡 일어나 그 문을 활짝 열어젖히면 빛이 들어오고 안과 밖이 통하게 되어 있는데 문은 열지 않은 채 어둡다 어둡다 합니다.

나를 닫아버리면 남이 됩니다. 닫힌 사람은 모든 원망을 남한테만 돌리고, 자기 자신을 정확하게 바라보지 못합니다. 그러므로 남을 원망하는 사람은 깨달은 사람이 아닙니다. 열린 사람은 문제의 원인을 먼저 자기 안에서 찾습니다.

열려 있는가, 닫혀 있는가? 이것이 모든 것을 바라보는 가장 쉬운 관점입니다. 종교도 닫혀버리면 편협해집니다. 편협해지면 나중에는 감정이 쌓이고 쌓여서 폭력이라는 수단으로 분출됩니다. 폭력을 쓰면서도 상대방은 나하고는 아무 상관없는 남이기 때문에 아무리 고통을 주어도 괜찮다고 생각합니다.

그러나 열리면 대화와 타협으로 문제를 풀어나갈 수 있습니다. 열리면 하나가 되기 때문입니다. 하나가 된 상태에서는 상대방에게 고통을 주면 자신도 고통을 느끼기 때문에 그렇게 할 수 없습니다. 그래서 상대방을 설득하고 때로는 양보하며 기다릴 줄 알게 됩니다.

깨달은 사람은 특별한 사람이 아닙니다. 열린 사람입니다. 깨달은 종교는 열린 종교입니다. 열린 종교는 자기의 종교가 소중하면 남의 종교도 소중하다는 것을 압니다. 열린 사람은 서로 존중합니다. 존중하지 못하는 까닭은 닫혀 있기 때문입니다.

모든 것이 다 하나이고 진리도 하나라는 것을 알면서도 실천하지 못하는 이유는 무엇입니까? 그것은 바로 개인과 집단의 이기주의와 편협함이 진리와 깨달음과 양심을 외면하게 했기 때문입니다.

우리는 열린 사람이 되어야겠습니다. 그리고 자유로운 사람이 되어야겠습니다. 열려 있고 자유로운 영혼은 두려워하거나 부끄러워하지 않고 자기 안에 있는 생명을 그대로 드러냅니다. 생명을 드러내려니까 용기가 필요합니다. 나는 많은 사람들이 용기 있게 깨달은 생명을 드러내기를, 그 생명을 마음껏 '쓰기'를 바랍니다.

이 세상이 농사짓는 힐러, 밥 하는 힐러,
그림 그리는 힐러, 강의하는 힐러, 노래하는 힐러……
수많은 힐러로 가득하기를 바랍니다.
스스로 힐러가 되겠다고 마음먹은 사람에게는
모든 직업이 천직입니다.

깨달음은 변화이고 희망입니다. 깨달은 사람은 스스로에 대한 믿음과 신념을 통해서 이웃과 인류, 지구를 사랑하는 마음을 갖게 됩니다. 그것이 깨달음의 증거입니다. 깨달음은 또한 무한한 창조를 일으킵니다. 그렇기 때문에 어떠한 상황이 닥쳐도 창조적인 지혜를 통해서 어려움을 극복합니다.

육체는 운동하지 않으면 약해집니다. 한 번 운동을 열심히 했다고 해서 몸이 절로 건강해지는 것은 아닙니다. 건강을 유지하려면 몸을 계속 가꾸고 단련해야 합니다. 깨달음도 마찬가지입니다. 가만히 있는데도 깨달음이 저절로 자라나지는 않습니다. 자신의 깨달음을 다른 사람들에게 전하고 실천할 때 깨달음의 빛은 더욱 커지고 밝아집니다.

깨달음을 지속적으로 유지하기 위해서 비전이 필요합니다. 비전은 우리의 의식을 깨어나게 해 주는 등불입니다. 비전을 설정하고, 그 비전을 실천함으로써 우리 내부에 깨달음의 빛, 생명의 빛이 빛납니다.

깨달음을 얻은 사람이 가질 수 있는 최고의 비전은 인간 사랑 지구 사랑입니다. 아니, 그것은 깨달은 사람이 가질 수 있는 유일한 비전입니다. 어떤 직업을 가지고 어떤 위치에서 어떤 말로 자신의 비전을 표

186

현하든 그 핵심은 인간 사랑 지구 사랑일 수밖에 없습니다.

이러한 비전을 가진 사람에게는 어떤 어려움이 와도 시련 속에 있는 것일 뿐 실패가 아닙니다. 스스로 실패했다고 절망하여 희망을 포기한다면 그 사람은 아직 깨닫지 못한 사람입니다.

비전이 없는 사람은 깨닫지 못한 사람이라기보다는 깨달음을 회피한 사람입니다. 깨닫지 못한 사람은 아무도 없습니다. 깨달음은 원래 자기 안에 있는데 그것을 사용하는가, 사용하지 않는가가 다를 뿐입니다. 많은 사람들이 깨달음을 회피합니다. 게으름이나 이기심으로 자신의 깨달음을 덮어버리고, 나는 깨닫지 못해서, 몰라서 제대로 못한다고 말합니다. 그것은 비겁한 변명입니다. 스스로 자기 안에 깨달음이 있음을 인정하고 그 깨달음을 사용하는 것이 중요합니다.

비전을 포기하는 것은 자기 인생을 스스로 운전하는 것을 포기해버린 것이나 다름없습니다. 자가운전을 포기할 때 여러 가지 정보들이 들어와서 대신 주인 노릇을 합니다. 정보와 더불어 슬픔, 외로움, 두려움, 분노, 우울함 등의 감정이 우리 영혼을 침범합니다. 자가운전을 포기한 사람은 감정의 노예가 되어 자기의 감정에 스스로를 맡겨버립니다.

감정은 깨달은 사람에게나 깨닫지 못한 사람에게나 똑같이 나타납니다. 슬픈 것을 보면 당연히 슬퍼집니다. 아름다운 것을 보면 누구나 기쁘고, 좋은 것을 보면 갖고 싶어집니다. 그런 감정이 생기지 않는다면 오히려 이상한 사람일 것입니다. 중요한 것은 그것을 조절할 수 있는가, 없는가입니다. 자동차를 운전할 때 장애물이 있는 것은 당연합니다. 그 장애물을 잘 피해서 운전하면 됩니다. 장애물이 없기를 바라는 것은 잘못된 것입니다. 깨달음을 얻는 순간 고속도로처럼 길이 확 뚫리고 자기 앞에 차가 한 대도 없기를 바라고 있습니까? 그것은 환상에 불과합니다.

최고의 깨달음은 인간 사랑과 지구 사랑을 실천할 수 있는 지혜입니다. 그것은 지구 어머니의 사랑을 느낌으로써 실현될 수 있습니다. 이제 막연한 구원에 대한 환상에서, 깨달음에 대한 환상에서 벗어나야 합니다. 선동가들의 막연한 정의와 자유와 구원이라는 말장난에 속아 더 이상 낭비할 시간이 없습니다. 우리는 이제 개인적인 깨달음뿐만 아니라 인류적인 깨달음을 통해 겸손해져야 하고 자숙해야 하며 더 많은 포용력을 가져야 합니다.

우리는 너무나 오랫동안 진리가 서로 다투는 것을 보았습니다. 종교끼리 싸우는 것을 보았습니다. 수많은 사상과 방법들이 우열을 다투며 논쟁하는 것을 보았습니다. 그러나 진실로 깨달은 사람은 보고 웃습니다. 깨달음에 대하여 논쟁하지 않습니다. 깨달음을 실천할 뿐입니다. 그는 선전 선동을 하지 않고 다만 액션을 할 뿐입니다. 액션이 곧 힐링(치유)입니다. 자신이 만나고 느끼는 모든 것을 힐링의 대상으로 여기며 힐링하고 창조하며 살아갈 뿐입니다.

188

나는 깨달음의 세계에서의 신과 악의 개념을 이렇게 표현합니다.

'악은 갈라놓는 것이고 선은 하나 되게 하는 것이다.'

악은 사람과 사람을 갈라놓습니다. 국가와 국가, 종교와 종교, 그리고 지구와 인간을 갈라놓습니다. 갈라놓으면 서로 적이 됩니다. 나는 지구의 영혼과 우리의 영혼이 하나 되게 하는 일이 가장 큰 선이고, 가장 큰 힐링이라고 생각합니다.

인류의 불행은 우리 안에 있는 영혼과 지구의 영혼이 분리되면서부터 시작되었습니다. 이제 분리된 모든 것을 하나 되게 해야 합니다. 이 세상에서 가장 가치 있는 정보는 분리된 것을 하나로 만드는 정보입니다. 힐링 메시지는 서로 화합하고 사랑하게 합니다. 킬링 메시지는 분열을 부추기고 싸움을 일으킵니다.

최고의 힐링은 정보처리입니다. 무엇으로 정보를 처리할 것인가? 어떤 정보도 오염시킬 수 없는 영혼, 그 누구도 조작할 수 없는 정보, 바로 지구의 영혼입니다. 지구는 대립과 분열을 일으키는 정보 바이러스를 퇴치할 수 있는 가장 강력한 정보 백신입니다. 그렇기 때문에 지구를 중심 가치라고 하고, 지구의 영혼과 교류해야 한다고 말하는 것입니다.

힐링의 에너지가 전 세계로 확산되어야 합니다. 힐링 메시지와 힐링 에너지를 전해주는 사람이 힐러(치유자)입니다. 나는 이 책을 읽는 당신이 힐러가 되기를 바랍니다. 어떻게 하면 우리의 뿌리가 지구임을 알릴까, 그리고 종교와 국가를 초월해서 우리 모두가 하나라는 것을 알릴까, 이런 고민을 하는 사람이 되기를 바랍니다.

힐러는 기술로 되는 것이 아닙니다. 뛰어난 의술을 가졌다고 힐러가 되는 것도 아닙니다. 진정한 힐러는 영혼이 자유로워야 합니다. 그래서 의사와 힐러는 다릅니다. 나는 당신이 지구의 영혼을 품고 혼란과 고통 속에서 신음하는 사람들을 치유하는 참다운 힐러가 되기를 바랍니다.

평화를 알리고 사랑을 전하는 사람이 힐러입니다. 나는 이 세상이 농사짓는 힐러, 밥 하는 힐러, 그림 그리는 힐러, 강의하는 힐러, 노래하는 힐러…… 수많은 힐러로 가득하기를 바랍니다. 스스로 힐러가 되겠다고 마음먹은 사람에게는 모든 직업이 천직입니다. 그러나 그렇지 않은 사람에게 직업은 스트레스일 뿐입니다.

생명을 사랑하십시오. 그 중에 먼저 인간의 생명을 사랑하십시오. 그 중에서도 먼저 당신 자신을 사랑하십시오. 자기 자신을 사랑하지 못하는 사람은 다른 사람을 사랑할 수 없습니다. 사람을 사랑하지도 못하면서 신을 사랑할 수는 없습니다.

사람과 사람끼리 사랑하십시오. 그것이 힐링이고 평화입니다. 우선 사람부터 존중하십시오. 그리고 만지고 볼 수 있는 지구를 사랑하십시오. 나는 이것을 인간 사랑 지구 사랑이라고 합니다. 인간 사랑 지구 사랑이 바로 힐링이고 평화를 이루는 길입니다.

이것은 배울 필요노 없습니다. 너무 쉽습니다. 이제 기도만 할 것이 아니라, 원하기만 할 것이 아니라, 행동하고 실천해야 합니다.

진정한 지구인이 되고자 하면 종교와 인종과 국가를 초월하여 서로 존중하고 사랑하는 훈련이 필요합니다. 철학을 더 공부하거나 심리학을 더 공부할 것이 아니라 사랑하는 훈련을 해야 합니다. 그 훈련의 시작은 먼저 자기 자신을 사랑하는 것입니다.

우리의 영혼은 창조의 주체입니다. 그렇기 때문에 아름답습니다. 그런 영혼을 갖고 있으면서 창조하지 못하고 산다면 그것은 정말 불행한 일입니다. 창조하는 영혼은 아름답습니다. 창조하는 영혼은 영원합니다.

인간은 피조물이면서 동시에 창조주입니다. 대부분의 사람들은 창조주로서의 능력을 발휘하지 못하고 피조물로, 운명의 노예로 이 세상을 살다갑니다. 창조하는 영혼이 되십시오. 받고자 하는 사랑은 눈물의 씨앗이 되지만 창조하는 영혼이 하는 사랑은 기쁨의 원천이 됩니다. 창조하는 영혼이 하는 사랑은 그대로 힐링이 됩니다.

10

"지구를 당신에게 드리겠습니다"

당신에게 선물을 하나 드리고 싶습니다.
나의 것이고 당신의 것이고 모든 지구인의 것인
이 지구를 당신에게 드리겠습니다.

우리는 지금 대립과 경쟁을 통해 외형적인 가치를 추구하는 물질문명의 마지막 시대를 살아가고 있습니다. 물질문명의 상징은 경쟁과 지배입니다. 많은 사람들이 '더 빨리 더 많이'를 향해 돌진하기 때문에 지구의 자원은 갈수록 고갈되고 있으며, 물질적인 풍요 속에서 느끼는 상대적인 빈곤감과 박탈감은 인간을 더욱 불행하게 만들고 있습니다.

달이 차면 기울듯이 물질문명은 지금 한계에 왔습니다. 밤이 지나면 새벽이 오듯이 이제 우리가 선택할 단 하나의 미래는 정신문명시대를 여는 것입니다. 정신과 물질이 조화를 이루는 새로운 시대를 여는 것입니다.

정신문명시대를 이끌어갈 수 있는 힘은 물질에 중심을 둔 외형적인 가치가 아니라 정신적인 성장에 중심을 둔 내면적인 가치, 영적인 가치입니다. 정신문명은 경쟁과 지배와 소유를 통한 외적인 성장이 아니라, 존중과 사랑과 평화를 통한 내적인 성장을 지향합니다. 그러므로 정신문명에서의 성장은 외형적이고 물질적인 '성공'이 아니라 내면적이고 정신적인 '완성'을 목적으로 합니다.

　세상에서 흔히 말하는 성공을 이루기 위해서는 부나 권력, 명예 등 한정된 가치를 다른 사람들과 경쟁해서 차지해야 합니다. 그러나 정신적인 완성을 이루려는 사람은 존중과 사랑과 평화를 나누고 공유하는 것에서 만족을 얻습니다.

　그동안 인류는 깨달음과 구원을 향해서 수많은 여행을 했습니다. 깨달음과 구원은 인류의 풀지 못한 수수께끼이자 화두였습니다. 그러나 그토록 원하는 깨달음과 구원이 인류의 평화와 행복과 건강의 문제를 해결할 수 없다면 무슨 의미가 있겠습니까? 지금 이 시대의 참다운 진리는 종교나 국가에 갇히지 않고 모든 인류가 공감할 수 있으며 인류의 현실 문제를 해결할 수 있는 것이라야 합니다. 이제 그러한 진리를 어느 위대한 현자가 나타나서 가르쳐 줄 때까지 기다릴 것이 아니라 모든 개인이 스스로 생각하고 행동할 때가 되었습니다.

　인류는 지난 몇 천 년 동안 수없이 많은 진리를 가르치고 배워 왔습니다. 그러나 그 진리를 현실에서 활용하지 못한 채 숭배하고 모시기만 했습니다. 진리를 추구하는 목적은 진리를 깨닫고 실천하기 위함

인데, 많은 사람들이 진리라는 말이 주는 그럴싸한 분위기를 즐기며 자기 구원과 기복에만 머물러 왔습니다.

그러나 절대적인 존재에 의지하고 기도하는 것만으로는 인간과 지구의 문제를 해결할 수 없습니다. 참다운 진리는 이미 인간의 마음 속에 들어 있습니다. 이제는 그 진리가 우리의 뇌에 작용해서 곧바로 행동으로 나타나도록 해야 합니다.

정신문명시대에는 신앙神仰시대가 가고 용신用神시대가 돌아올 것입니다. 신을 모시는 시대가 아니라 신을 활용하는 시대입니다. 신은 진리의 다른 이름입니다. 그동안은 진리를 모시고, 깨달음을 모시고, 사랑과 자비를 모셨습니다. 이제 진리를 모시는 시대가 아니라 진리를, 깨달음을, 사랑과 자비를 쓰는 시대가 올 것입니다. 진리가 사람들을 통해 현실에 쓰여져서 진정한 힘을 발휘하는 시대가 올 것입니다.

인류가 찾는 진리는 현실적인 문제를 해결할 수 있는 실질적인 진리가 되어야 하겠습니다. 그 진리의 핵심은 언어와 문화, 종교, 국적이 달라도 모든 인류는 하나라는 것을 아는 것입니다. 이것이 우리 모두가 추구해야 할 진리, 깨달음, 영성의 핵심입니다. 그러나 이것을 안다고 해서 인간과 지구의 문제가 해결되는 것은 아닙니다. 노래하고 기도하는 것만으로는 평화가 오지 않습니다.

물질문명시대에서 정신문명시대로의 전환은 몇 사람이 깨달았다고 해서 오지 않습니다. 특수한 몇 사람만의 깨달음이 아니라 깨달음의 일반화, 깨달음의 대중화가 필요합니다. 그래서 나는 개인적인 깨달음은 크게 의미가 없다고 이야기합니다. 이제 단체로, 그룹으로 깨달아야 합니다. 인류 문제와 지구 문제를 해결할 주체는 바로 나라는 자각을 가진 사람들이 쏟아져 나와야 합니다. 특정 개인과 집단에만 봉사하는 정보와 가치관에 지배당하는 것이 아니라 인류 전체를 살리는 새로운 정보, 새로운 가치를 창조하는 사람들이 탄생해야 합니다.

나는 깨달음이 상식이 되는 세상을 그리고 있습니다. 그러한 세상이 불가능할까요? 나는 우리가 원하면 그러한 세상을 창조할 수 있다고 믿습니다.

나는 아름다운 세상을 창조하고 싶습니다. 나는 내가 태어난 지구를 사랑합니다. 나의 생명의 뿌리가 지구임을 알기 때문입니다. 나는 나와 같은 생각을 하는 사람들을 찾아 세계 곳곳을 돌아다닙니다. 둘러보면 많은 사람들이 나와 같은 생각을 하고 있습니다. 그러나 행동하기를 어려워합니다. 스스로 무엇인가를 창조하기보다는 세상의 물결을 따라 그저 흘러갑니다.

나는 이십 년 전에 한국의 작은 공원에서 중풍으로 몸이 불편한 한 사람에게 수련법을 가르치는 것으로 이 일을 시작했습니다. 그때 그 사람에게 했던 말을 지금도 생생하게 기억합니다.

"당신은 한 사람이지만 나에게는 커다란 의미가 있습니다. 당신은 단지 한 개인이 이니라 인류를 대신해서 내 앞에 서 있는 소중한 사람입니다."

그 사람은 내 말에 어리둥절해 했지만 내게는 나의 실천이 이 세상과 지구를 살리는 데 도움이 되리라는 확신과 신념이 있었습니다. 나는 오늘도 그 신념을 안고 지구인운동을 함께할 세계의 친구들을 찾고 있습니다.

오늘날 인류와 지구가 안고 있는 문제는 너무나 긴밀하고 복잡하게 얽혀 있어서 어느 한 나라나 특정한 전문가 집단의 힘만으로는 해결할 수 없습니다. 수많은 개인이, 크고 작은 수많은 단체가, 또한 수많은 나라가 인간 사랑 지구 사랑의 실천 운동을 세계 곳곳으로 확산시켜야 합니다.

우리가 살아가는 이 세상과 지구는 지금 어려움 속에 있습니다. 많은 사람들이 걱정하고 있습니다. 그러나 걱정만 하고 있을 수는 없습니다. 그래서 나는 무언가를 하고자 합니다. 이 지구에 실질적인 변화를 일으키고자 합니다.

나는 하루에 잠을 세 시간 이상 자지 않고 일해 온 지 오래되었습니다. 내 체력이 특별히 좋아서 그런 것은 아닙니다. 내게는 꿈이 있기

나는 깨달음이 상식이 되는 세상을 그리고 있습니다.
그러한 세상이 불가능할까요?
나는 우리가 원하면 그러한 세상을 창조할 수 있다고 믿습니다.

때문에 그 꿈을 실현하기 위해서 잠시도 멈출 수 없기 때문입니다. 내가 공원에서 처음으로 단학을 가르칠 때를 생각해 봅니다. 그때는 책도 없었고 '단학'이라는 이름도 없었습니다. 그러나 내가 있었고, 내 마음이 있었고, 나의 깨달음이 있었습니다. 그것이 시작이었습니다.

우리에게 인류와 지구의 문제를 단숨에 해결할 기막힌 처방전이 있는 것은 아닙니다. 그러나 우리가 있고, 우리의 마음이 있고, 우리의 깨달음이 있습니다. 그것만으로도 우리는 무언가를 시작할 수 있습니다.

이 세상과 지구를 살리고 죽이는 힘은 바로 인간의 의식입니다. 특히 집단의 정신입니다. 건강하지 못한 집단의 건강하지 못한 정신은 많은 불행을 만들어냅니다. 우리는 인류가 처한 불행의 원인을 똑똑히 볼 수 있는 눈을 가져야 합니다.

당신이 자유로운 영혼을 가졌다면 그 원인이 잘 보일 것입니다. 당신의 영혼이 건강하다면 지구의 문제가 무엇인지 잘 보일 것입니다. 건강하지 못한 영혼은 그 원인을 남의 탓으로만 돌릴 것입니다. 그러나 건강한 영혼은 자신의 책임을 발견하고 자신이 할 일을 함으로써 지구인으로서의 사명을 다할 것입니다. 그러한 실천의 결과로 통찰력이 생겨나고 이 세상의 문제와 해결책이 무엇인지 더욱더 잘 보이게 될 것입니다.

나는 십 년 후의 지구를 그려 봅니다. 십 년 후에 이 지구와 인류는 어떻게 변해 있을 것인가. 이 책을 읽는 당신과 내가 선택한 삶을 얼마나 많은 사람들이 선택할 것인가, 그것이 지구의 미래를 결정할 것입니다. 60억 세계 인구 중에 적어도 1억이 지구와 인류의 문제를 외면하지 않고 이 세상을 치유하는 운동에 뛰어든다면 인류는 인간 의식의 정점에 다다르는 눈부신 진보를 이룩하게 될 것입니다.

정신문명시대를 열어가는 과정에서 뇌의 역할은 아무리 강조해도 지나치지 않습니다. 우리가 희망하는 단 하나의 미래를 열어가는 일을, 우리는 뇌를 통해서 할 것입니다. 처음에는 오른쪽 뇌로 시작하지만, 곧 왼쪽 뇌가 감동하여 오른쪽 뇌가 간 길을 따라갈 것입니다. 새로운 인류 문명은 오른쪽 뇌에서 시작하지만 왼쪽 뇌를 통해서 완성될 것입니다. 오른쪽 뇌에서 왼쪽 뇌까지의 길이는 아주 짧습니다. 문명의 전환은 이미 시작되었습니다.

나는 이 책을 통해 당신을 만난 것을 아주 기쁘게 생각합니다. 당신의 영혼과 내 영혼이 하나로 연결되는 것을 느낍니다. 나는 내 영혼을 사랑하듯이 당신의 영혼을 사랑합니다. 내 영혼을 사랑하듯이 지구의 영혼을 사랑합니다. 당신도 그러하리라고 생각합니다.

당신에게 선물을 하나 드리고 싶습니다. 나의 것이고 당신의 것이고 모든 지구인의 것인 이 지구를 당신에게 드리겠습니다.

눈을 감고 두 손을 가슴 높이까지 들어올려 보십시오. 당신의 손 위로 작고 파랗게 빛나는 지구가 내려옵니다. 그 지구를 받으십시오. 당신의 손 안에 있는 지구를 느껴 보십시오. 지구의 에너지를 느껴 보십시오. 지구의 에너지와 우리의 에너지는 하나입니다. 당신의 손에서 지구가 빛납니다. 당신의 손 안에서 위 아래로 진동하며 빛나는 지구를 느껴 보십시오.

이제 지구를 감싸 안은 두 손을 천천히 이마 쪽으로 가져갑니다. 당신의 눈썹과 눈썹 사이 제3의 눈, 인당혈로 탁구공 크기의 작은 지구가 들어간다고 상상해 보십시오. 지구가 당신의 뇌 속에 들어가 있습니다. 파란빛을 내뿜으며 빙글빙글 자전하고 있습니다. 뇌 세포가 깨어나는 것이 느껴집니다.

이제 당신의 뇌 속에 지구가 들어 있습니다. 뇌 속에 파란 지구를 담고 있는 사람, 나는 이것을 지구인의 상징으로 삼으려고 합니다. 뇌 속에 지구를 담고 있기 때문에 지구를 사랑하고 그 사랑을 실천할 수밖에 없는 사람들, 우리는 지구인입니다.

우리는 영적인 완성을 위해 이 지구에 왔으며 그것을 알기 때문에 힐링하는 삶을 살다 갈 것입니다. 그리고 지구를 보호하고 지구를 지킬 것입니다. 우리의 별 지구를 좀더 나은 곳으로 만들기 위해 노력할 것입니다. 당신의 머릿속에 있는 그 지구를 잊지 마십시오. 어느 누구도 당신에게서 그 지구를 빼앗아갈 수 없습니다. 우리는 지구와 함께 영원할 것입니다.

상상해 보십시오. 뇌 속에 빛나는 파란 지구를 가진 1억의 지구인들을! 지구 어머니 마고와 교류하며 깨달음으로, 사랑으로, 평화로 정신문명시대를 열어가는 지구의 아들 딸들을! 그들이 인류가 오랫동안 꿈꾸어왔던 평화의 주춧돌을 마련할 것입니다.

나는 《숨쉬는 평화학》에서 지구인 운동 십 년의 비전을 세 가지로 제시한 바 있습니다.

첫 번째 비전은 평화의 철학과 지구인의 생활 문화가 결합된 '지구인 삶의 모델'을 창조하는 것입니다.

두 번째 비전은 홍익정신을 실천하는 '1억 명의 지구인 네트워크'를 형성하는 것입니다.

세 번째 비전은 지구 평화를 실현하고 조화의 문명을 열어나갈 '지구인 연합체 SUN(Spiritual UN)'을 창설하는 것입니다.

지구인 운동 십 년의 비전은 마고의 꿈을 이루기 위한 구체적이고 현실적인 계획입니다. 지구를 중심 가치로 삼고 살아가는 것이 어떤 것인지를 삶으로 보여줌으로써 문명 전환의 방향성을 제시하는 일, 이것이 바로 당신과 내가 할 일입니다.

나는 아름다운 세상을 창조하고 싶습니다.
나는 나와 같은 생각을 하는 사람들을 찾아 세계 곳곳을 돌아다닙니다.
둘러보면 많은 사람들이 나와 같은 생각을 하고 있습니다.
우리가 희망하는 단 하나의 미래를 열어가는 일을, 우리는 뇌를 통해서
할 것입니다. 처음에는 오른쪽 뇌로 시작하지만, 곧 왼쪽 뇌가 감동하여
오른쪽 뇌가 간 길을 따라갈 것입니다. 새로운 인류 문명은
오른쪽 뇌에서 시작하지만 왼쪽 뇌를 통해서 완성될 것입니다.
오른쪽 뇌에서 왼쪽 뇌까지의 길이는 아주 짧습니다.

I am an Earth Citizen!

지구시민운동 '1달러의 깨달음'

'1달러의 깨달음' 운동은 지구와 인류를 위해 매달 1달러씩(한국 1천원, 일본 1백엔, 유럽 1유로) 내는 지구시민 1억 명을 통해 새로운 인류평화의 전환점을 형성하자는 지구시민운동입니다. 유엔글로벌콤팩트에 가입한 비영리 국제기구인 IBREA(국제뇌교육협회) 주최로 지구 환경과 인간성 회복, 문맹 퇴치, 기아 구호를 위한 '1달러의 깨달음' 운동은 국제뇌교육종합대학원대학교 일지 이승헌 총장의 제안으로 시작하여 현재 전 세계 10개국에서 전개되고 있으며, 앞으로 100개국에서 1억 명이 참여하는 전 지구적 평화운동으로 확대해 나갈 것입니다.

오늘날 발달한 인류 문명이 인간 두뇌의 창조성에서 비롯했듯이, 당면한 인류 문제를 해결하는 열쇠도 결국 인간의 뇌에 있습니다. 우리가 가진 뇌를 어떻게 쓰느냐에 따라 인류의 미래는 바뀔 것입니다. 인간 뇌의 근본 가치를 자각한 사람을 '지구시민'이라고 합니다. '1달러의 깨달음' 운동은 뇌를 올바르게 쓰기 위한 지구시민의 첫 번째 선택입니다. 지구시민이 1억 명이 될 때, 지구는 새로운 미래를 맞이하게 될 것입니다. 1달러의 기적이 일어날 것입니다.

한 사람의 1달러는 한 생명을 구할 수 있고,
1억 명의 1달러는 지구를 구할 수 있습니다.

글로벌 주최 기관: IBREA(국제뇌교육협회)
한국 주최 기관: 지구시민운동연합

www.iearthcitizen.org

'1달러의 깨달음' 운동 홈페이지에 접속하시면 더 자세한 내용을 보실 수 있고,
후원금이나 CMS 등록을 통해 운동에 동참하실 수 있습니다.
한문화는 수익금의 일부를 지구시민운동 '1달러의 깨달음'에 후원하고 있습니다.

지구인 선언문

　지난 2001년 6월 15~17일 서울에서 제1회 휴머니티 컨퍼런스가 열렸고 마지막 날 지구인 선언대회에서 1만2천여 명이 지구인 선언을 했습니다. 이 지구인 선언문은 새천년평화재단에서 기초하고 세계적인 베스트셀러 작가 닐 도널드 월시, 시모어 타핑 퓰리처위원회 위원장, 작가 오드리 타핑 , 헤나 스트롱, 와이엇 티 워커 목사, 인류학자 진 휴스턴이 공동으로 작성한 것입니다. 지구인 선언에 동참하고자 하면 www.wehanet.or.kr을 방문하시기 바랍니다.

지구인 선언문

나는 인류 영혼의 분리될 수 없는 일부로서 본질적이고 영원한 영적인 존재임을 선언합니다.

나는 지구상의 모든 사람의 인권을 보호하는 것이 나의 권리와 안전임을 깨달은 한 인간임을 선언합니다.

나는 이 지구상의 모든 삶의 공동체를 위하여 홍익하고자 하는 의지를 지닌 지구의 자녀임을 선언합니다.

나는 이 세상에 존재하는 모든 형태의 분리와 분쟁을 치유할 수 있는 힘과 사명의식을 지닌 힐러임을 선언합니다.

나는 지구가 본래의 조화와 아름다움을 회복하도록 도와줄 책임을 자각한 수호자임을 선언합니다.

나는 내가 속한 사회를 긍정적으로 변화시킬 사명과 능력을 갖춘 활동가임을 선언합니다.

DECLARATION OF HUMANITY

I declare that I am a Spiritual Being, an essential and eternal part of the Soul of Humanity, one and indivisible.

I declare that I am a Human Being whose rights and security ultimately depend on assuring the human rights of all people of Earth.

I declare that I am a Child of the Earth, with the will and awareness to work for goals that benefit the entire community of life on Earth.

I declare that I am a Healer, with the power and purpose to heal the many forms of divisions and conflicts that exist on Earth.

I declare that I am a Protector, with the knowledge and the responsibility to help the Earth recover her natural harmony and beauty.

I declare that I am an Activist, with the commitment and the ability to make a positive difference in my society.

마고의 꿈

초판 1쇄 발행 2002(단기 4335)년 5월 7일
개정 2판 2쇄 발행 2014(단기 4347)년 10월 15일

지은이 · 일지 이승헌
펴낸이 · 심정숙
펴낸곳 · (주)한문화멀티미디어
등록 · 1990. 11. 28. 제 21-209호
주소 · 서울시 강남구 봉은사로 317 논현빌딩 6층(135-833)
전화 · 영업부 2016-3500 편집부 2016-3507
http://www.hanmunhwa.com

편집·이미향 강정화 최연실 진정근
디자인 제작·이정희 목수정
경영·강윤정 권은주 | 홍보·박진양 조애리
영업·윤정호 조동희 | 물류·박경수

만든 사람들
책임 편집·강정화 | 디자인·이정희 | 사진·문혜린

ⓒ이승헌, 2010
ISBN 978-89-5699-192-4 13810